千両の首

斬！ 江戸の用心棒

佐々木裕一

朝日文庫

本書は書き下ろしです。

目次

千両の首

斬！　江戸の用心棒

第一章　千両の首

庭の鈴虫の音が、屋敷の者たちの眠りを深くしていた。

名月の光が、濡れ縁に軒(のき)の影をくっきりと浮かせ、その奥にある寝間をより暗く見せる。

寝所で眠る屋敷のあるじは、庭に向いて寝返りをうち、ふと目を開けた。蚊帳(かや)が揺れているのを寝ぼけ眼で見ていると、背後で女の声がした。

寝息ではなく、うなされている声だ。

あるじが起きようとしたその時、口を塞がれて頭を押さえつけられた。

「動けば首を斬る」

頰に刃物を当てられ、抵抗をやめたあるじは、この時はっきりと、女が辱(はずかし)められているのを知った。

女を見ることも、声さえも出せぬあるじは、助けるために抗(あらが)おうとしたが、刃物の柄でこめかみを打たれて気絶した。

家人たちの悲鳴に意識が戻ったあるじは、顔をこちらに向けて横たわり、うつろな目を向けている女の乱れた寝間着姿を見て起き上がった。

手を差し伸べようとした時になって縄を打たれているのに気付き、猿ぐつわで言葉も投げかけられぬ。急に背後から縄をつかまれたかと思えば、強い力で引きずられた。

連れて行かれた表の広間の庭には、賊に捕らえられた家来や奉公人たちが集められ、刀を持った者たちの前で地べたに座らされている。

広間の上座には、羽織袴を着けた男が正座していた。その身なりから、天領を見回る公儀の役人だろうかと一瞬思ったあるじであるが、取り巻きの者たちの人相の悪さを見て、身が縮むほどの恐怖に襲われた。

上座に座る男が顎で指図すると、あるじの猿ぐつわが外された。

「い、いったい何者だ」

「御公儀から遣わされた遠国見廻り役、とでもいたそうか。今日から世話になるぞ」

「賊のくせに戯言を申すな。こんなことをして、許されると思っているのか」

「許し？　誰の許しだ」

「ここは天領だ。代官のわたしに手を出して、ただですむと思うな」

頭目の男が笑うと、手下どもも馬鹿にして笑った。

頭目が真顔で、代官を指差す。

「お前が黙ってわしに従えば、すむことよ」

「誰が従うか」

「ほう。妻がどうなってもよいのか」

「正妻ではない。好きにしろ」

頭目はまた笑った。

「どうりで若いはずだ。さては、侍女に手を出したか」

代官は顔をそらした。

「ふふ、どうやら図星か。では、他の女ども同様に、好きにさせてもらう」

代官の耳に、屋敷で奉公している女たちの苦しむ声が届いた。

正妻とは死に別れた代官であるが、気がかりがひとつある。

唇を引き締め、それを悟られぬようにしていた代官に、頭目が言う。

「満島政義（みつしままさよし）。我らが何も調べずに来たと思うておるようだが、甘い考えだ。五歳だそうだな、一人息子は」

手下が泣く子を抱いて庭に現れ、代官は愕然(がくぜん)とした。

「息子に手を出すな！」

「父上！」

叫ぶ息子を抱いている手下が、代官に悪い笑みを浮かべて連れて行こうとする。

「待て！　わかった。言うとおりにするから息子だけは許してくれ」

頭目が微笑(ほほえ)む。

「初めから素直に従っておれば、可愛(かわい)い息子が泣かずにすんだのだ」

「おのれ！」

庭で突然声がした。家来の一人が手下につかみかかって、代官の息子を奪い返そうとしたのだ。

腕っぷしが強い家来に代官は期待した。だが、見張っていた手下に背中を斬られてしまい、家来は命を落とした。

泣きやんだ息子が、見開いた目で家来を見ている。

代官は、縛られた身体(からだ)を折り曲げて、頭目にひれ伏した。

「お願いします。言うことを聞きますから、命ばかりはお助けください」

気弱な代官に、頭目はほくそ笑み、手下に顎を引く。

応じた手下が代官を起こして座らせ、目の前で紙を広げた。

頭目が告げる。

「そこに、お前がすべきことが書いてある。間違っても、村の外に助けを求めようなどと思うな。助けが来た時は、息子の命はないものと思え」

書かれている内容を読み終えた代官は、苦渋の色を浮かべたが、息子のために従った。

一

江戸の空は、爽やかな青空が広がっていた。

和田倉御門外にある本田家の屋敷では、祝いの酒宴が開かれ、大広間は酒に酔った家来たちでにぎわっていた。

国許に戻る途中で討たれた父、豊後守信親の跡を継いでいた長男親貞が、寛永寺塔頭の建立に尽力した功績により、豊後守の官位を賜り若年寄を拝命したからだ。

喜んで酒に酔う家来たちの上座は、先ほどまでいた主役の姿がない。皆を残して、一人で仏間に入ったからだ。

父の位牌を見上げる親貞は、浮かぬ顔をしている。

父のように、老中首座に上り詰めると野心旺盛な親貞は、

「たかが若年寄で、何を浮かれる」

騒ぐ家来たちの声に、不機嫌をあらわに吐き捨てた。

「殿、こちらにおわしましたか。皆が待っておりますぞ」

廊下で家老の声がしても振り向きもせず、親貞は位牌に手を合わせたまま告げる。

「いまだに父の仇を討てておらぬゆえ、こころから喜べぬ」

家老の今福欣吾が、筆頭家老の松下春敬と顔を見合わせ、仏間に入って正座し、亡き先代の位牌に手を合わせてから口を開いた。

「おそれながら……」

「なんじゃ」

「ご先代のことは御公儀に病死と届けておりますし、今は殿にとって大事な時。仇討ちなどもってのほかにございます。どうか、おあきらめください」

やおら立ち上がった親貞は、今福に歩み寄り、帯から抜いた鉄扇で額を打った。

今福は平伏して詫(わ)びたが、親貞の怒りは収まるはずもなく、鉄扇で背中を打ち据えたうえに襟首をつかんで廊下に引きずり出すと、庭に蹴り落とした。

それでも平伏する今福を憎々しい顔で見下ろした親貞は、控えている側近に命じた。

「この者を引っ立て、生意気な口を削(そ)げ！」

今福は慌てた。

「お許しください！」

「黙れ！　何をしておる。早うせい！」

「はは！」

応じた側近の二人が今福の両腕をつかんで立たせた時、筆頭家老の松下がかばい、親貞に言う。

「殿、お気持ちはわかりますが、今福のこれまでの功労に免じて、此度(こたび)ばかりはお許しください」

親貞は睨(にら)んだ。

「そのほうも口を削がれたいのか」

松下は顔色ひとつ変えずに告げる。

「どうか、お怒りをお鎮めくだされ。憎き大垣沖信（おおがきおきのぶ）については、目下手の者が捜しておりますが、まだ行方がつかめませぬ」

「聞き飽きたことを申すな！」

親貞は鉄扇を振り上げたが、守役（もりやく）でもある松下を打つ気になれず、苛立（いらだ）った声を吐き捨てて横を向いた。

松下が言う。

「今福が申すとおり、殿は今、大事な時です。沖信の首を取ったことが御公儀の耳に入れば、ご先代の死因が疑われます。万が一、旅の途上で沖信に討たれたことが上様のお耳に届けば、殿のご出世に響きます」

「父の無念を晴らすなと申すか！」

「いいえ！」

癇癪（かんしゃく）を起こす若きあるじを、松下が厳しく制した。そして、目を見て告げる。

「当家に関わりのない腕の立つ者を集め、憎き沖信めの首を取った者に褒美を与えるのです」

意に添わぬ進言に、親貞は苛立ちの声を吐いた。

「奴はこの手で討たねば、父に面目が立たぬ」

「では、仇の首を取った者には千両。生け捕りにした者には倍払うのはいかがですか。国許へ連れて来させることさえできれば、あとは殿の思うままです」

親貞はようやく納得し、そうしろ、と命じて、側近の二人を連れてその場から去った。

今福は、松下に頭を下げた。

「おかげで助かりました」

「安心するのはまだ早い。殿のお怒りは、日々激しくなられておる。一日も早く沖信の首を取らねば、口削ぎだけではすまぬと思え」

厳しく言われて、今福はぞっとした様子だ。そして問う。

「捕らえて国許に連れて来させるとおっしゃいましたが、まことに、沖信を殿に討たせるおつもりですか」

「この件は、わしが一人でやる。おぬしは一切口を出すな。殿が老中に上がれることだけを考えておれ」

「はは、承知いたしました」

「皆が案じておるゆえ、我らだけでも戻るぞ」

応じて立ち上がった今福を見た松下は、舌打ちをして額を指差した。

「顔を洗って、傷の手当てをしてからにしろ」

顔を拭った手に付いた血を見た今福は、皆に見られないよう裏に回り、自分の役宅に急いだ。


武芸の腕に覚えのある者を求めるという名目で広く募った松下の元に人が集まったのは、残暑が厳しい頃だ。

この日、家来を二人だけ連れて上屋敷を出た松下は、芝の海辺にある下屋敷に入った。

人払いをした御殿に入り、大広間の濡れ縁に立つと、庭に集まっている者どもを順に見た。食い詰め浪人や、道場の主宰に、見るからに怪しい輩もいる。

一人ひとり面構えを確かめた松下は、開口一番に問う。

「人を斬ったことがある者は、一歩前に出よ」

すると、数人が前に出た。

松下が家来に顎で指図すると、応じた家来は、前に出なかった三人の浪人に小判を紙で包んだ物を差し出した。

「三名の者、ご苦労であった」

松下に用はないと言われた浪人たちは、素直に包みを受け取って、帰っていった。

残った十人以上の者たちの顔を改めて見た松下は、近くに寄らせた。

この者たちが、公儀や沖信に関わりがないのを調べている松下は、沖信の人相書きを渡した。今が大事な時のあるじを想い、生け捕りにする気など毛頭ない松下は、皆が人相書きを見たところで告げる。

「この者の首を取った者には、千両つかわす」

「千両！」

悪人面の食い詰め浪人が、歓喜の声をあげた。

道場の主宰は、じっと人相書きを見つめている。

そして、いかにも怪しげな者たちは、仲間同士で顔を見合わせて、自信に満ちた笑みをかわしている。

松下がさらに、望む者には当然、仕官の道も開けると告げると、皆目の色を変えて応じ、浪人が口を開いた。

「この男の居場所を教えてください」

「それが分れば苦労はせぬ」

聞こえぬよう、ぼそりとこぼした松下は、顔を上げて告げる。

「江戸より西におるのは確かだ」

すると、道場の主宰が渋い顔で言う。

「それだけですか」

「もう二年も捜しておるが、見つからぬ」

「さすがは千両の首。何者ですか」

道場の主宰の言葉に、他の者たちの表情が引き締まった。

松下が告げる。

「千両が惜しくないほどの大悪人だ」

「名は」

「大垣沖信だ。江戸では偽名を使っておったが、本名はそうそう捨てられるものではない。他国では、堂々と名乗っておろう。ここに当面の路銀を用意した。ただちに発ち、一日も早く首を取ってくれ」

道場の主宰が応じて縁側に歩み寄り、家来から路銀を受け取った。

他の者も続いて受け取っている時、松下の家来が急いだ様子で廊下を来て、片膝をついた。

「殿、たった今、手の者から知らせが届きました」

応じた松下は、差し出された文（ふみ）をその場で開いて目を走らせた。

沖信に似た者を大和路（やまとじ）の宿場で見つけたものの、大和国（やまとのくに）に入ったのちに見失ったと書かれている。

松下はほくそ笑んだ。

「大和には大垣家の旧領がある。そこに向かったに違いない」

家来にこう告げると、集まった者たちに向いた。

「お前たちはどうやら、強運の持ち主のようだ。千両の首は大和国にあり。これから教える場所に急ぎ向かえば、労せず討てるぞ」

「おお！」

喜んだ刺客たちは場所を聞くなり、我先にと旅立った。

二

座禅を組む月島真十郎（つきしましんじゅうろう）の目の前には、色づきはじめた山の谷間が広がっている。

一羽の大瑠璃が舞台造りの欄干に止まった。

座禅を組んでいる真十郎の耳に、大瑠璃は美しいさえずりを届けてくれた。

こころが落ち着く。

微笑んだ真十郎の肩に、警策が当てられた。

肩を打った直堂に合掌低頭した真十郎は、座禅に集中した。

父の仇、本田豊後守信親を討ち取って悲願を果たした月島真十郎は、弟が継いでいる大垣家を守るために大垣沖信の名を捨て、江戸を離れた。

剣術修行で西国をめぐる旅をしていた真十郎だったが、道中で腰に帯びているのは木刀のみ。信親を討った愛刀の備前光平は、この彩光寺に預けている。刀は護符で封印されており、置かれている場所さえ真十郎は知らない。

彩光寺がある山間の地は、近江野洲を治めていた大垣家の先祖が守っていた土地で、旗本に降格されるまでは飛び領だった。

一年半ぶりに彩光寺を訪ねた真十郎は、卜念和尚の説教を受けた翌日に座禅をして、精神の鍛練をしていたのだ。

一刻（約二時間）ほどで終えた真十郎は、付き合ってくれた若い僧と互いに合掌低頭し、大瑠璃が止まっていた舞台の端に立った。

眼下には小川が流れており、色づきはじめたもみじと相まって美しい。

「気分はどうじゃ」

背後から声をかけられて振り向くと、卜念が横に並んだ。

「爽快にございます」

頭を下げて答える真十郎に、景色を眺める卜念は白髪の眉尻を下げて問う。

「出家する気になったか」

即答できぬ真十郎は、前を向いた。

「まだ迷っています」

「本名と刀は捨てられても、剣術には未練があるのか」

「それもわかりませぬ」

父の仇を討ち、江戸を離れた真十郎は、剣術修行を重ねながら諸国を渡り歩いていたのだが、幸せそうな家族を見ると虚(むな)しくなり、生きる希望さえ失いかけていた。

卜念が言う。

「人は、生まれた時から死に向かって歩む。人の生は、長いようで短い。死に向かって歩むあいだに何をするかによって、死後の世界が大きく変わると思え。そなたは、父の仇を討ち、相手が悪党とはいえ、人を救うために斬った己を責めておるようじゃが、悪事を重ねていた者は我欲に支配されておったのじゃ。我欲とは、時に人の物を奪い傷つけることもある。人から物を奪うのを快楽とする者は、訓戒を説いたとしても通じぬ。真十郎、己を責めてはならぬ。そなたのおかげで、地獄の苦しみから助けられた者がおるのだ」

「そのいっぽうで、わたしを恨んでいる者がおりましょう」

「そなたが殺(あや)めた者の、残された家族のことか」

「はい。わたしが本田信親を恨んだのと同じではないかと」

「それも定めじゃ。逃れることはできぬ。迷うておるなら、かつてわしが修行をした寺に行くがよい。沖綱殿がまだお若い頃は、近江の領地に戻られた時は必ずその寺を訪ねておられた」

「父上も……」

「さよう。険しい山の頂にあるが、寺への道も修行のうちじゃ」

これが苦難のはじまりだとは思いもしない真十郎は、寺を目指す旅に出ると決めた。

「是非とも、訪ねてみとうございます」

「御布施がいるが、手持ちはあるのか」

「いかほど」

「小判五枚」

「五両……」

「ないなら、気持ちでよい」

「小判は持っておりませぬが、些少の蓄えがございます」

微笑んで応じた卜念は、場所を教えてくれた。

三

翌朝寺を発ち、大和の山道を歩む真十郎は、編笠、小袖に股引、脚絆に草鞋を着け、髪は町人髷のため、元大名家の長男とは誰も思わないだろう。

山門まで見送ってくれた卜念は、木刀すら持たぬ真十郎の道中を心配してくれたが、

「剣の道から離れて、己を見なおしてみたいのです」

真十郎がこう述べると、白髪の眉尻を下げて目を細め、いつでも戻ってこいと

言ってくれた。

奥の院と言われる寺で自分の進むべき道を決めることができれば、報告をしに戻るつもりの真十郎は、己を信じろ、という卜念の教えを胸に、足を速めた。

伊賀との国境にある奥の院までは、険しい山々を越えなければならないため五日はかかる。途中は、あえて岩山を登る道があり、山伏のごとき胆力がいるのだ。

丸一日ほぼ休まず山道を歩いたのだが、秋の日は短く、急な山道に差しかかった頃には、あたりが暗くなりはじめた。

明るいうちに夜露をしのげる場所を見つけなければと思いつつ、獣道のような斜面をのぼっていると、人が並んで歩ける広い道に出た。

荷物を背負った旅装束の二人連れが、目の前に雑木を分けて出た真十郎に驚いたので、真十郎は微笑んで頭を下げた。

安堵した四十代の夫婦は、頭を下げて先にゆく。日が暮れてしまうから急ごう、という夫の声が聞こえてきた。

どこかに宿があるのだと察した真十郎は、夫婦から少し離れて付いて行った。

地蔵を祀った小さな祠が右手に見えてきたが、夫婦は目もくれずに先を急ぐ。

話し声から、京から来たようだ。こんな山の中になんの用があるのだろうと思いつつ、真十郎はあとに続いていたのだが、地蔵を素通りする気になれず、立ち止まって手を合わせた。先を行く夫婦が坂道を曲がり、木の陰で見えなくなったと思ったら、夫が戻ってきた。

「旅のお人、大変です」

「どうされました」

「この先で、若い娘さんが苦しんでいます」

指差して助けを求める夫に応じて、真十郎は走った。坂道を曲がると、松の大木の根元に旅装束の女がうずくまっていた。

真十郎がどうしたのか問うと、妻女が答える。

「歩いていた時に、急に目まいがしたそうです」

倒れたらしく、旅装束の着物の肩が土で汚れていた。

「仰向け（あおむ）けになりなさい」

真十郎が手を貸してやり仰向けにさせると、十代の若い娘だった。額にもすり傷があり、妻女が手拭いを当ててやった。

「すみません」

辛（つら）そうに詫びた娘に、真十郎は問う。

「こんな山奥に一人で来たのか」

「この先の峠を越えたところの宿場にある実家に、帰る途中です」

すると夫婦が顔を見合わせ、夫が問う。

「寿万(じゅまん)村のことかい？」

「はい」

「わたしたちもそこに行くところだが、ここからだと、まだ半刻（約一時間）はかかるよ」

　空を見上げた妻女が夫に続く。

「早くしないと、日が暮れたら山犬が出ますよ」

「そうだね。お前の言うとおりだ。娘さん、歩けそうかい？」

「はい」

立とうとするので夫婦が手を貸してやったのだが、娘はまたふらついた。

倒れそうなのを助けた夫婦が、困った顔をしている。

真十郎は、娘の前にしゃがんだ。

「わたしが背負って行こう」

夫が驚いた。

「こんな急な山道を無理ですよ」

「大丈夫。さ、早く」

身を預けた娘を背負った真十郎は、立ち上がった。

「すみません」

力なく言う娘に、真十郎は気にするなと言い、夫婦に道案内を頼んだ。

先に立って山道をのぼる夫婦は、木の根に気をつけろだとか、尖った石につまずくなと声をかけて真十郎を導く。

急な山道を四半刻（約三十分）ほどのぼったところで、ようやく平坦になった。

汗を拭った夫が、真十郎に言う。

「あとはくだりばかりですから、もう一息です」

「急ぎましょう」

息が上がっていない真十郎に、夫婦が驚いた。

妻女が笑って言う。

「やっぱり若い人は違いますね。ねえお前さん」

「まったくだ。この方がいてくれてよかったよ」

山道をくだりながら、訊いてもいないのに伏見で酒屋をやっているのだと教えてくれた夫婦は、毎年この時季になると若夫婦に店をまかせて、湯治に来るらしい。

「わたしは、伏見の伏をいただいて伏右衛門と言います。女房は……」

「こんです」

名乗った妻女は、目を細めた。

「生まれた時の顔がお狐様そっくりだったらしくって、父親が名付けたのです」

確かに似ていると思った真十郎だが、口には出さず微笑んだ。

夫婦が、名前を知りたそうな顔をしてきたので、

「真十郎です」

大垣の姓はむろん、月島も名乗らなかった。

応じたおこんが、背中に目を向けた。

「娘さんは？」

「琴恵です」

「いい名前だな」

言ったのは伏右衛門だ。

「脹脛にあと散りがしているが、まさかあそこまで走って来たのかい？」

「はい」

「それは無茶をしたね。日が暮れると山犬が出るから急いだんだろうけど、わたしたちが通りかからなかったら、危ないところだったよ」

「助かりました」

「これも何かの縁だから気にすることはないが、次からは、気をつけなさいよ」

優しい伏右衛門の言葉に、琴恵はうなずいた。

琴恵の身体が熱いように感じた真十郎は、顔を横に向けた。

「気分は悪くないか」

「はい。おかげさまで」

前を歩いている伏右衛門が言う。

「琴恵ちゃんは、いいところで生まれたね」

聞けば、村の名前にもなった寿万湯と言われる湯に浸かれば、寿命が十年延びるらしい。

伏右衛門夫婦は、いつか生まれる孫が大人になるまで生きていたいがために、息子が嫁をもらった年から、寿万湯に浸かりに通っているという。

真十郎が、ほんとうなのかと琴恵に問うと、

「湯のおかげかどうかはわかりませんが、本家にいる七十になった祖父は、町の

みんなから五十にしか見えないと言われています」

「ほぉう」

真十郎が興味を持つと、伏右衛門がより明るい顔をした。

「浸かれば十年、飲めば二十年寿命が延びるというのが評判になって、どこの宿も人でいっぱいですよ。わたしなど去年帰る時に、今年の部屋を取っているんですから」

「そんなに人が多いのか」

あまり人目につきたくないと思う真十郎は、琴恵を送り届けたら村を出ようと決め、足を速めた。

程なく、木々のあいだの眼下に、瓦屋根が集まった集落が見えた。建物は大小あり、村のいたるところから湯気が上がっている。

「やっと着いた」

安堵の息を吐いた伏右衛門が、村の入り口に近い温泉宿の前で立ち止まった。

「わたしたちはここに泊まりますが、よければ真十郎さんもどうです。あるじに相部屋を頼みますから」

とはいえ、宿は大勢の人でにぎわっている。

真十郎は遠慮して、夫婦とはここで別れた。

「もう歩けます」

琴恵が恥ずかしがったが、熱を感じていた真十郎は、無理は禁物だと言って通りを歩んだ。

ほとんどが湯治客だという村の通りは、江戸ほどではないものの、大勢の人でにぎわっている。

琴恵に従って旅籠(はたご)のあいだの辻(つじ)を曲がると、そこは人がまばらで落ち着いた雰囲気の通りだった。

「ここです」

言われて立ち止まったのは、月光堂(げっこうどう)という小さな蠟燭屋(ろうそくや)の前だ。

背負ったまま中に入ると、客の相手をしていた男に琴恵が声をかけた。

「おとっつぁん」

顔を向けた父親が目を見張った。

「琴恵！　お前、どうして帰ってきた」

「あるじ、娘さんは熱があるから、話はあとにしてくれ」

「ええ！」

驚くというより狼狽した父親は、客に蠟燭を持たせてお代はいいと言って帰らせ、奥に向かって大声で知らせると、真十郎を座敷に上がらせた。

可愛い娘が突然帰り、熱まで出しているのを知った家の者たちは大騒ぎになり、母親が琴恵の部屋に布団を敷きにかかった。

真十郎がゆっくり降ろしてやると、琴恵は横になり、安堵の息をついた。

父親が頭を下げた。

「お助けいただき、ありがとうございました。これはお礼です。些少ですが、どうぞお納めください」

紙の包みを差し出された真十郎は、押し返した。

「旅のついでのようなものですから、お気になさらず」

父親は受け取らずに言う。

「今夜の宿はお決まりですか」

「いえ」

「では、うちへお泊まりください。旅籠は……」

「お前様」

妻に言われて、父親は紙の包みを見て続ける。

「受け取っていただけないのでしたら、どうかお泊まりください。娘の命の恩人ですから」

「どうかお気になさらず。では、これにて」

「あ、お待ちを」

琴恵が止めたが、真十郎は微笑んで立ち上がった。

「早くよくなるといいな」

そう告げて出た真十郎に続いた両親が、表まで見送って頭を下げた。

母親が言う。

「ほんとうに、ありがとうございました」

「いえ」

「まだ宿がお決まりでなければ、せめてお世話をさせてください」

「そうだ」

母親にいい考えだと言った父親が、知り合いの宿を紹介すると言って、真十郎の腕を引いた。

だが真十郎は、それも断った。

「ほんとうに、大丈夫ですから」

父親は苦笑いをした。

「しつこくしてすみません。では、表の通りを戻っていただいて、左に曲がった細い道を山のほうへ少し入ったところに宿がありますから、そこに行ってみてください。あるじは不愛想ですが、静かでいい宿なのです」

人が少ないのは好都合だと思った真十郎は、頭を下げて去った。

表通りに戻ると、人はさらに増えていた。真十郎は人目を嫌って、教えられたとおりの道に足を向けた。

四

旅籠が並んでいた通りとは打って変わって静かな場所に、農家のような建物があった。茅葺き(かやぶ)の屋根に苔(こけ)が生えた佇(たたず)まいは、なかなか風情がある。

一目見て気に入った真十郎は、閉められていた木戸を開けた。

「一晩泊めていただきたい」

声に応じて、奥から老婆が出てきた。

いらっしゃいもなければ、愛想笑いのひとつもなく、品定めするような目をして黙っている。

背後で足音がしたので真十郎が振り向くと、山鳥を紐にぶら下げた老翁が近づき、下から睨むように口を開く。

「本気で泊まるつもりなのか」

「できれば、お願いしたい」

「うちは見てのとおりばばあと二人だけだ。おまけに今日の客は、婆さんが一人だけときている。遊びたけりゃ、他を当たれ」

などと言われた真十郎は、あっけに取られた。古いせいか、それとも愛想のないあるじ夫婦を嫌ってか、村の旅籠のにぎわいとは大違いだ。だが真十郎は、こちらのほうがよかった。

「是非とも、泊めてください」

「ふん、物好きもいたものだ」

不愛想に言うあるじは、付いて来いと言い、先に立って宿の奥へ行く。老婆はいつの間にかいなくなっており、三和土を奥に付いて行った真十郎は、裏の戸から出た。

裏庭を抜けて案内されたのは、竹藪に囲まれ、今にも藁屋根が落ちそうなほど朽ちた建物だった。

あるじは黙って板戸を開け、中に入って蠟燭を灯した。

真十郎が続いて入ると、中は新しい木の香りがして綺麗だった。

「意外だ」

ついこぼすと、あるじが鼻で笑い、すぐに真顔になって告げる。

「飯は四半刻後だ。母屋に来い。風呂は廊下の奥にあるから、いつでも入れ」

不愛想に告げ、返事も待たず出ていくあるじに、真十郎はわかったと声をかけて戸を閉めた。

手燭を持って奥の部屋に行くと八畳が二間あり、障子を開けると、小川が流れる庭があった。

廊下に手燭を置き、畳で大の字になった。庭の先には竹藪があり、小川の音が耳に心地よい。

「まるで隠れ宿だ」

目を閉じて一休みした真十郎は、日がとっぷりと暮れた飯時に、母屋に戻った。

裏から入ると、あるじが相変わらず不愛想な顔で手招きした。

「そこの、囲炉裏端に座りなされ」

真十郎が言われるまま行くと、一人の老婆が先に食べていた。

品のいい老婆は、湯治をしているのだろう。

給仕をする女将と話している内容を耳にした真十郎は、勝手にそう思いながら囲炉裏端に正座し、正面に座している客の老婆が微笑んできたので、笑みで頭を下げた。

女将が真十郎の横に来て、囲炉裏で焼かれていた田楽の串を取って皿に置いてくれた。

「熱いから気をつけて」

不愛想な物言いだが、ふつふつと焼けている味噌に山椒をかけてくれ、老婆の客の皿が空になっているのを見ると、次の料理を出しにかかる。

抜かりなく、気持ちのいい接客だと思った真十郎は、味噌田楽を一口食べた。

「旨い」

香りがいい味噌に、思わず笑みがこぼれた。そんな真十郎を見て、客の老婆が話しかける。

「ここの味は、他のどこよりも美味しいのよ」

真十郎が微笑んでうなずくと、客の老婆はさらに言う。

「若い人には、お肉がいいわね。おくめさん、今日のお肉は何でしたかしら。この歳になるとすぐ忘れるから、困ったものね」

くめと呼ばれた女将は、肉汁を垂らしている串を取って真十郎の皿に置いた。

「猪肉だよ。あとこれは、雉だ」

塩をぱっとかけてくれた女将が、客の老婆に向いて言う。

「お瀬津さんはもう八十五になるんだから、しょうがないやね」

「八十五！」

真十郎は目を見張った。見た目で勝手に歳を決めていたからだ。

すると、おくめがじろりと睨んだ。

「いくつに見えなさる」

「七十くらいかと思っていました」

するとおくめが、目を細めて勝ち誇ったような笑みを浮かべた。

「お瀬津さん聞いたかい」

「寿万湯のおかげだ」

お瀬津が嬉しそうに言い、真十郎に頭を下げた。

「おかげで元気になりましたよ。あと五年は生きられるかしら」

　真十郎は、訊かずにはいられなくなった。

「あの山道を通っておられるのですか」

「はい。駕籠に乗って来るのだから、楽なものですよ」

　口も達者な老婆に、真十郎は感心した。訊いてもいないのに教えてくれたことには、秋になると東大寺近くの家から毎年通い、湯治をしながら寒い冬を越しているのだという。

「お若いのは、旅の途中ですか」

　訊いたお瀬津に、真十郎は隠さず教えた。

「奥の院を目指しています」

「まあ、そうですか。でも、お坊様には見えませんが、出家をお考えですか」

「まだ迷っているところです」

　お瀬津が合掌した。

「迷いが吹っ切れるといいですね。険しいと聞いたことがありますから、道中お気をつけて」

「ありがとうございます」

　食事を終えて離れに戻った真十郎は、静かな部屋でゆっくり疲れを取り、翌朝は早めに宿を発った。

まだ人がいない町中を歩いていると、一晩世話になった宿のあるじ、吉左衛門が前から歩いてきた。遠目に、吉左衛門が菜物を持っているのを見た真十郎は、お瀬津のために、近くの農家に買い出しに行った帰りだろうと思いながら歩いていると、目の前の旅籠から若い女が走り出た。

旅の女ではないのは、赤い寝間着に濃い化粧を見れば想像がつく。

女は通りを見て、近くを歩いていた吉左衛門に助けを求めた。

吉左衛門は関わりたくないのか、迷惑そうな顔をして女の手を払い、その場から足早に離れた。

ここでようやく真十郎に気付くと、吉左衛門はじっとりとした目を向けて歩んできた。

「早く村を出ることだ」

不機嫌に一言告げ、前を向いて去った。

どういうことか訊こうとした真十郎だったが、吉左衛門の背中がそれを拒んでいるように見え、女のほうに顔を向けた。

そこへ、旅籠から出た一人の男が、

「まったく」

迷惑そうに吐き捨てて女を追った。

女は逃げようとしたが、男は追い付いて腕をつかんだ。

「手間をかけるんじゃない」

「放して。もういやなんだから」

「うるさい！」

男は抵抗する女の髪をつかんで、強引に連れ戻しにかかった。

泣いて拒む女は逃げようとするが、

「殺されても知らんぞ！」

男にそう言われた途端に抵抗をやめた。

泣くのもやめて、あきらめ顔で目の前を戻っていく女を見送った真十郎は、旅籠に買われた女郎だろうと思った。

地獄に戻されるのは気の毒だが、真十郎は女の背後にいる輩との関わりを嫌って先を急いだ。

それにしても、昨日あれだけにぎわっていた村が、やけに静かだ。これまで数多の宿場を見ている真十郎は、村の様子に違和感を覚えつつ、通りを歩む。

するど、別の旅籠から出てきた男女が、真十郎のほうへ歩んできた。

「この宿場は前と変わってしまった。もう二度と来ないよ」

夫婦なのだろう。夫が不機嫌に言うのに妻が相槌(あいづち)を打ちながら、真十郎の横を通り過ぎてゆく。

不思議に思いながら振り向いて見た真十郎は、旅籠の角に立つ吉左衛門が、勃然(ぼつぜん)とした様子で夫婦を見ているのに目を止めた。

真十郎に見られているのに気付いた吉左衛門は、目をそらして立ち去る。

どうにも気になった真十郎は、あとを追って訊こうとしたのだが、江戸でのことが脳裏に浮かび足を止めた。

「お節介は、悪い癖だ」

苦笑いで独り言ち(ご)、旅を続けるべく通りを歩んだ。

すると、別の旅籠から怒鳴り声が聞こえてきた。足を止めて見ていると、出てきた二人の泊り客が、逃げるように去っていく。

真十郎は思わず声をかけた。

「どうしたのだ」

足を止めた二人連れの男のうち、痩せて背が高いほうが悔しそうに告げた。

「どうもこうもない、めちゃくちゃだ。宿代の他に、おかげ金などと名付けられた湯に入るための代金のようなものを払わされた」

小太りのほうが続く。

「しかも高い。宿代の三割なんて、聞いたこともない」

不機嫌に言いながらも、旅籠のほうを見ると恐れた顔になり、仲間を促して足早に去った。

真十郎が旅籠に顔を向けると、人相の悪い二人組が中に向かって何か言い、下品に笑いながら去っていった。

また、別の旅籠から出てきた旅人も、暗い顔をしている。

昨日到着した時は、通りを行き交う者たちの顔は明るかった。一晩でこうも変わるのはやはり妙だと思いつつも、真十郎は、すぐに考えを変えた。

「静かに去ろう」

自分に言い聞かせて足を速めたものの、辻に差しかかったところで立ち止まった。昨日助けた琴恵のことが気になり、月光堂に顔を向けた。

父親が、娘の帰宅を喜ぶ前に、どうして帰ってきたのだと言ったのは、先ほどの、人相の悪い連中と関わりがあるのだろうか。

どうにも気になり、真十郎は迷った。

木刀すら持たぬ己に何ができる。

自問自答し、やはり立ち去ろうと決めて足を進めようとした時、琴恵の名を呼ぶ父親の声がした。

真十郎が見ると、琴恵がふらふらとした足取りで月光堂から出てきて、追ってきた父親に引き止められた。そして、行く、行かせない、の言い争いになった。

腕を離そうとする琴恵に、父親が言う。

「何をされるかわからないから、行ったらだめだ」

「こんなのおかしいのに、どうして誰も黙っているのよ」

声が聞こえた真十郎は、知らぬ顔ができなくなり足を向けた。

真十郎と気付いた父親が、神妙な顔で頭を下げた。

「昨日はお世話になりました」

「それよりあるじ、声が聞こえました。どういうことですか」

父親は目をそらした。

「よそ様には関係ないことですから、どうかお気になさらず行ってください」

横にいる琴恵は、助けを求める顔で真十郎を見てきた。何か言おうとした時、

「お前たち、何か揉めごとか」

背後で声がしたので真十郎が振り向くと、先ほどの人相が悪い男が、三人の仲間と歩み寄ってきた。

父親が低姿勢で応じる。

「貴治さん、なんでもないんです。ただの親子喧嘩ですから、お気になさらず」

人相が悪い男が、旅装束の真十郎に鋭い目を向け、腕で胸を押してどかせると、父親の前に立った。そして、琴恵を見て言う。

「お前が千五郎の娘か」

「そうです」

「和歌山の城下で商売の修業をしていると聞いたが、いつ帰った」

「昨日の夕方です」

「母親の実家でいじめられたのか」

「違います。正月に帰れなかったから、顔を見に来ただけです」

「それで？　どこに行こうとしていた」

「あなたに言う必要はないはずです」

敵対心を表に出している琴恵に、貴治は鼻で笑い、鋭い目を父親に向けた。

「どうやら、あの話をしたようだな」

「いえ……」

「嘘（うそ）が通ると思うな。おれたちは見ていたんだぜ。どこに行こうとした」

「お代官に……」

「琴恵！　お前は黙っていなさい！」

大声で止めた千五郎は、恐れた顔で地べたに両膝をついた。

「娘には言い聞かせますから、どうか、ご勘弁を」

「お前は優しいから、娘にはおれが教えてやろう。おうお前たち、二人を中に入れろ」

応じた手下が家に連れて入ろうとしたが、琴恵が抵抗した。

「大人しくしろ！」

手下が怒鳴ったが、琴恵が腕を振り払った拍子に、手が相手の顔に当たり、頬を爪でひっかいてしまった。

「このあま！」

手下が手を上げようとするのを、真十郎が見かねて手首をつかんで止めた。

「痛てて！」

顔を歪めた手下の手首を離した真十郎は、相手に恨まれぬために、先に頭を下げた。

「娘さんは熱がありますから、どこにも行かれませんよ。どうか、穏便に」

こちらが下手に出たのを見くだした手下の仲間が、持っていた棒を振り上げ、頭を下げている真十郎の背中に打ち下ろした。

呻いて倒れた真十郎に、貴治が言う。

「若造が、偉そうに口を出すんじゃねえよ」

腹を蹴られた真十郎が転がって仰向けになった顔に、手下が拳を打ち下ろす。

三人の手下に囲まれ、殴る蹴るの暴行を受けながらも、真十郎は決して反撃せずに堪えていたのだが、棒で頭を打たれて気を失った。

五

意識を取り戻した真十郎が初めに見たのは、太い梁だ。衣擦れに目を転じると、藍染の着物を着た女が廊下を歩み去り、お目ざめになられました、という声が聞こえた。

廊下の先に見える庭は、あかね色に染まっている。もう夕方になっていたのだ。

起きようとした真十郎は、頭の痛みに顔を歪めた。

「いけません」

起き上がって声に顔を向けると、琴恵が心配そうな顔をして廊下から入ってきて、真十郎の肩に手を添えた。

「頭を打たれていますから、無理をなさらないでください」

「大丈夫です」

ずきんと痛みはあるが、耐えられないものではない。

「でもいけません。さ、横になってください」

肩を押された真十郎は、琴恵に従った。

路銀を入れていた胴巻きがないのに気付いて腹を見ると、琴恵が言う。

「貴治が取りました。取り返そうとしたのですが、邪魔をした罰だと言って無理やり」

ごめんなさいと頭を下げた琴恵の右手に青痣(あおあざ)があるのを見つけた真十郎は、隠そうとする手を止めた。

「あいつらにやられたのですか」

「これくらい、平気です」

手を離した琴恵は、悔しそうに顔を歪めて、目に涙を浮かべた。

真十郎は案じずにはいられない。

「お父上は無事ですか」

「あのあと、お代官様に呼ばれて行ったのですが、まだ帰らないのです」

「では、貴治たちも捕らえられたのですか」

琴恵は首を横に振った。

「貴治は、お代官の手先ですから」

「あのような輩が……」

真十郎が琴恵に訊こうとした時、戻った千五郎が廊下から来た。

琴恵が振り向いた。

「おとっつぁん、真十郎さんの意識が戻りました」

「それはよかった」

千五郎はそばに正座して頭を下げた。

「わたしたちのせいで痛い目に遭わせてしまって、申しわけない」

「いいから、頭を上げてください」

「おそれいります」

「それよりご主人」

「はい」

「この村では、良からぬことが起きているのですか」

千五郎は目を泳がせ、下手な笑みを作った。

「何もありませんが、どうしてそうお思いで？」

「おとっつぁん」

「お前は黙っていなさい。母さんが今お粥（かゆ）の支度をしているから、恩人のために手伝いなさい」

「でも……」

「いいから早く行きなさい」

琴恵は真十郎を心配したが、従って台所に行った。

千五郎が、琴恵が離れたのを確かめて、真十郎に頭を下げて言う。

「貴治たちのことは、旅先で言わないでください。これは、口止め料です」

金子（きんす）を差し出された真十郎は、受けずに問う。

「貴治が代官の手先だと聞きました。この村で何が起きているのです」

「旅のお人が関わることではありません」

「それは、何か良からぬ事態になっていると、捉えてよろしいか」

真十郎の物言いに、千五郎は疑いの目を向けた。

「あなた様は、お武家ですか」

「いえ。寺の教えを受け、出家を考えている者です」

「そうでしたか。今お粥ができますから、今夜はうちでゆっくり休んで、明日の朝は、これを持って村を離れてください。貴治は、もう手出ししませんから」

「金はいりません」

「娘をお助けいただいたお礼ですから」

「では、わたしをここで雇ってください」

「ええ」

驚く千五郎に、真十郎は座して頭を下げた。

「貴治に奪われたのは、奥の院に納めるものでした。訴えても返してくれないでしょうから、働いて貯(た)めたいのです」

「わたしが出しますから、お顔を上げてください。いくら入っていたのです」

「それではだめなのです。奪われたのも、御仏(みほとけ)がわたしに課された試練ですから、身を粉にして働いて得た物を納めなければなりません」

「そういうことですか」

気の毒そうな顔をした千五郎は、うなずいた。

「わかりました。頭の傷が良くなったら、うちで働いてもらいましょう」

お粥を持って来た妻女と琴恵に、千五郎が告げる。

「蓮江(はすえ)、旅のお人、いや違う。名前は……」

「真十郎さんですよ」

琴恵から教えられた千五郎は、改めて告げる。

「そう、真十郎さんだ。今日から住み込みで、働いてもらうことになったよ」

蓮江と琴恵が明るい顔をして部屋に入り、琴恵が真十郎の前に膳を置いて、じっと目を見てきた。

「ほんとうですか」

「はい」

すると蓮江が喜んだ。

「男手がほしかったので助かります。真十郎さん、しっかり食べて、早く働けるようになってくださいね」

「明日から働かせていただきます」

元気そうな真十郎に安堵してうなずいた蓮江が琴恵に向かって、

「これで腕っぷしが強ければ、言うことないのにねぇ」

などと、笑みを浮かべて遠慮なく言うものだから、琴恵は慌てた。

「おっかさん、失礼なこと言わないで」

ごめんなさいと頭を下げた琴恵は、母親を引っ張って出ていった。

「だってそうでしょう。若くて男前なんだから、あとは貴治をやっつけてくれる強さがあれば、お前の婿にぴったりじゃないの」

「これ！　声が聞こえているぞ！」

廊下に向かって大声で叱った千五郎が、ばつが悪そうな顔で真十郎にあやまった。

「すまないね。うちの奴は、思ったことをすぐ口に出すから、困ったものだ」

「大丈夫です。それより、琴恵さんが元気になられてよかった」

「ほんとうだ。言われてみれば確かに」

笑った千五郎が付け加える。

「熱があるくらいが、大人しくて丁度いいほど負けん気が強い娘なものですから、嵐が去るまでじっとしてくれているか心配です」

「嵐とは?」

「働いてもらうのだから言いますが、今代官所に、御公儀の役人が来ておられるのです。貴治はこの村の者ではなくそのお役人の手先ですから、御用がすむまでの辛抱というわけです」

「そうでしたか。では貴治は、役人の威光を笠に着て悪さをしているのですか」

「なんと言えばいいか。貴治は確かに、横柄でいやな人ですが、元凶は御公儀の役人ですから、村の者は従うしかないのですよ」

相手が公儀の役人となると、江戸を去っている真十郎にとっても厄介な相手。ここは、深く関わらぬほうがいいと思った。

「いずれ、江戸に戻るのですか」

「そう聞いています」

「旦那様がおっしゃるとおり、嵐が去るのを待ったほうがいいですね」

旦那様と呼ばれた千五郎が、嬉しそうに大きくうなずく。

「そういうこと。わたしは仕事に戻るから、冷めないうちにお食べなさい。明日から、よろしく頼みますよ」

「お言葉に甘えます」

奥の院への御布施については、まんざら嘘ではなかった。無一文になったとはいえ、納めようとしていた金を人から恵んでもらうのは気が引けた真十郎は、月光堂で拾ってもらえて良かったと思うのだった。

六

月光堂は村にひとつしかない蠟燭屋だ。店に来る客も少なくはないが、旅籠に配達をすることで安定した収入を得ている。

真十郎に店のことを教えたのは、千五郎から面倒を見るよう言われた通い番頭の嘉八（かはち）だ。

帳場で大福帳を開いて、書き連ねられている旅籠の名を示しながら自慢げにしていた嘉八は、一カ所を指で打って告げた。

「今日は、ここに蠟燭を届ける日だ」

真十郎が顔を上げた。

「代官所ですか」

「うむ」

腕を組んだ嘉八は、ため息まじりに続ける。

「御公儀のお役人が来られてからというもの、代官所に行くのが辛くなったよ。昨日お前さんを痛めつけた連中がいるからね」

「では、わたしが届けましょう」

嘉八は目を丸くした。

「それはだめだ。昨日の今日だから、きっと難癖を付けてくるに決まっている」

「気になったのですが、御公儀の役人は、いつから居座っているのですか」

嘉八は、千五郎が入っていった座敷に首を伸ばすようにして、小声で教える。

「かれこれ二月（ふたつき）になるよ。お前さんも旅籠で払わされただろうけど、おかげ金なんてものは、わたしから言わせたら盗人（ぬすっと）もおんなじだ」

「どうしてそう思うのです」

「毎朝御公儀のお役人の手先が旅籠に行って、おかげ金だけ集めて回るからだよ。お代官のご家来は、御公儀に納めるためだと言ったそうだが、わたしはどうも納得がいかなくてね。お嬢さんもこの話を知って、本家がある和歌山でも聞いたことがないと、それはもう腹を立てられてね。代官にやめるよう訴えに行くと言われて、大騒ぎさ」

「昨日のことですか」

「お前さんがいなかったら、どうなっていたかわからないよ。頭の具合はもういいのかい？」

「石頭ですから」

「そいつはいい」

笑った嘉八に、真十郎が真顔で訊く。

「番頭さんは、御公儀の役人が私腹を肥やしているとお疑いですか」

「そこまでは言わないが、手先が旅籠で豪遊しているという噂（うわさ）もあるから、どうも気に食わないんだよ」

襖（ふすま）が開いたので、嘉八は帳面を閉じ、真十郎に対して黙っているよう仕草で示した。

出てきた千五郎が、嘉八に言う。

「代官所に蠟燭を届ける日だが、今日はわたしが一人で行くから支度をしてくれ」

嘉八が驚いた。

「お一人だなんてとんでもない。わたしがお供します」

「いいから、お前は琴恵と店番をしていなさい」

嘉八は、疑いの目を向けた。

「旦那様、もしや、何かたくらんでらっしゃいますね」

千五郎は、馬鹿を言うなと否定したが、目を泳がせたのを真十郎は見逃していない。

嘉八も同じらしく、心配そうに訴えた。

「御公儀のお役人を探るのだけは、やめてくださいよ」

「だから、何もしないと言っているだろう。お代官が心配なだけだ」

「お代官様が、どうかされたのですか」

「昨日久しぶりにお目にかかったのだが、どうも元気がない。今日はご家来に、病気なのか訊いてみようと思うのだ」

嘉八が渋い顔で言う。

「お代官様は気が弱いお方ですから、御公儀のお役人や、がらの悪い手先たちに長居をされて、さぞ気を遣われているでしょう。胃の腑でも悪くされているんじゃないでしょうか」

「そうかもしれないね」

「胃の腑の荒れによく効く薬がありますから、献上されてはいかがですか」

「おお、それはいい考えだ。蠟燭の荷に入れてくれ」

「かしこまりました」

二人の話を黙って聞いていた真十郎に、千五郎が顔を向けた。

「供は、お前さんがしておくれ」

「承知しました」

快諾すると、嘉八が心配した。

「旦那様、昨日の連中がいれば、ちょっかいを出してきませんか」

「だから連れて行くんだ。今日からうちで働いてもらう報告をして、頭のひとつでも下げておけば、今後は手を出してこないだろう。真十郎さん、それでいいですね」

「揉めごとはこりごりですから、あいだを取り持っていただけるとありがたいです」

千五郎は微笑んでうなずき、部屋に戻っていった。

それから嘉八を手伝って荷造りをすませた真十郎は、半刻後に出かけた。代官所は風呂敷に包んだ荷物を背負い、前を歩く千五郎に続いて町を抜けた。代官所は町中ではなく、畑と田圃に囲まれた小高い丘の上にある。

千五郎が言う。

「代官所は、戦国の世には寺だったそうで、山門や土塀はその当時のままだ。いざ戦になれば城の役目もしていたそうだから、土塀も高いだろう」

「言われて見れば、確かに高いですね」

「嘉八は連中を盗っ人だと言うが、相手は役人だから、今日は辛抱して頭を下げておくれ」

「わかりました」

表門に近づくと、見張りに立っていた二人が睨んできた。

千五郎が腰を折り、低姿勢で配達を告げると、一人が不愛想に応じて裏に回れと言う。

応じた千五郎は、山門を通り過ぎた。

真十郎は目を合わさぬようにして、千五郎に続いて歩む。

裏の木戸から中に入ると、羽織袴を着けた家来たちがこちらを見てきたが、千五郎だと知ってどこかに歩み去った。

代わって迎えたのは、人相の悪い二人組だ。羽織袴を着けているが、日頃の素行を示すがごとく、まったく板についていない。

「月光堂か、入れ」

「どうも、お邪魔をいたします」

千五郎は低姿勢で応じて、真十郎を手招きして勝手口から入った。

台所で水仕事をしていた下女たちは、真十郎の目には暗い面持ちに映り、家の中も静かで、重い空気が漂っている。

家来が奥から板の間に出てきたのを見た千五郎が、頭を下げた。

「蠟燭をお持ちしました」

「そこに置け」

真十郎が応じて肩から荷を下ろし、風呂敷を解いて木箱を差し出す。

歩み寄った家来が中を確かめ、真十郎を見た。

「新入りか」

真十郎が答える前に、千五郎がにこやかに応じる。

「今日から雇いました、真十郎と申します。以後お見知りおきを」

家来は、真十郎を睨んだまま言う。

「商人らしくない面構えだな」

これにも千五郎が答えた。

「僧になるための旅をしている途中なのですが、御布施をなくしてしまいまして」

すると家来は、何かを察したように薄笑いを浮かべた。

「貴治様がおっしゃっていたのは、お前か」

真十郎は、目を合わせないようにした。

千五郎が言う。

「その貴治様に、真十郎が無礼をあやまりたいと申しております。お目にかかれますか」

聞いていない真十郎は、千五郎を見た。

千五郎はそっと真十郎の袖を引き、家来には作った笑みを浮かべている。

「ふん」

立ち上がった家来は、裏に回れと言って奥に戻った。

千五郎は下女に、胃に効く薬だと教えて、代官に飲ませるよう告げて手渡した。

下女は何か言おうとしたが、頭を下げるだけだった。

腕を引く千五郎に従った真十郎は、裏庭に入った。すると、座敷の前の縁側に貴治が腰かけ、ごろつきにしか見えぬ取り巻きの者たちが庭に出ていた。

「ここは我慢だぞ」

千五郎に小声で言われた真十郎は、睨んでくる取り巻きたちのあいだを進み、貴治の前で頭を下げた。

「昨日は、ご無礼をいたしました」

「あやまり方を知らないようだから、誰か教えてやれ」

貴治の声に応じた取り巻きが背後から近づいて来るなり、真十郎の膝の後ろを蹴り、肩を押して地べたに座らせた。

真十郎は抵抗することなく、額を地べたに当てた。

「以後気をつけますから、お許しください」

笑った貴治が、真十郎の目の前に下りてきた。

「坊主を目指しているそうだが、その理由はなんだ。人を殺めたのか」

「生きる希望を見つけるためです」

「俗世はつまらぬか」

「何もいいことがありませんから」

頭を下げたまま答えていた真十郎の目の前に、空の胴巻きが落ちた。

「中身は少なかったが、まあ勘弁してやる。月光堂でせいぜい稼いで貯めろ」

千五郎は礼を言って、真十郎の腕をつかんで立たせた。

「以後、お見知りおきを」

頭を下げる千五郎に、貴治はあしらうように手を振って廊下に上がると、部屋の奥へと入っていった。

代官所から出ると、千五郎は安堵の息を吐き、真十郎に笑顔で言う。

「よく辛抱した。これで、もう何もされないぞ」

「そうでしょうか」

「前にもあったんだ。よそから来た者を旅籠で雇ったんだが、貴治にあいさつがなかったと言いがかりを付けられて、村から追い出されてしまった」

「そんなことが……」

「誰が代官かわからない話だが、役人がすることだからね、わたしらは機嫌をそこねないようにするしかないんだよ」

千五郎は笑って、さあ帰ろう、と言って背中を押してくれた。

真十郎は、代官所を振り向いた。あの中で、何かよからぬことが起きているような気がしてならないからだ。

「そうだ真十郎、このまま旅籠にあいさつ回りに行こう。配達をしてもらうにも、顔を知ってもらっていたほうがいいだろうからね」

呼び捨てにされても悪い気がしない真十郎は、千五郎に笑顔で応じて後ろに続いた。

代官所に近い場所から順にあいさつをして回った真十郎は、五軒目に入った時、女郎が連れ戻された旅籠だと思い出した。

千五郎を笑顔で迎えたあるじと女将は、新参者の真十郎に対しても気さくに話し、悪い人間には見えない。

だが、千五郎が代官所からの帰りだと教えると、二人の顔が途端に曇った。

四十代の女将が、眉間に皺(しわ)を寄せて真十郎に言う。

「悪そうなのがいただろう。何もされなかった?」

すでにされているが、真十郎は微笑んで首を横に振った。

「それよりも女将さん、昨日の朝、宿から女の人が逃げようとしたのを見たのですが、宿代を踏み倒そうとしたのですか」

見たままを言わずに問うと、女将は笑った。

「あの子はね、奈良(なら)では名が知られた豪商の妾(めかけ)だよ。ここの離れを年借りして囲われているんだけど、旦那がたまにしか来られないから、鬱憤(うっぷん)が溜(た)まるとあやって、奈良に押しかけるって騒ぐんだよ」

「それで、捕まえた人が殺されると……」

「やだ、うちの者が止めたのが聞こえたのかい。物騒だと思っただろうけど、ほんとうなんだよ。でも殺されるのは妾じゃなくて旦那のほう。婿だからね」

「おい、人様のことをべらべら言うもんじゃないよ」

あるじに止められた女将は、舌を出して首をすくめた。

貴治がらみではなかったのに安堵した真十郎は、自然に笑みがこぼれた。

旅籠から出た真十郎は、千五郎に言う。

「話を聞いてみないと、見ただけではわからないことがありますね」

「あの妾は、村の者はみんな知っているんだ。まだ二十歳の若さで遠く離れた旦那を想いながら、温泉しかないこんな山奥に置かれているんだから、騒ぎたくなる気持ちはわかるよ」

「旅籠に置かれている女郎だと思っていました」

驚いた顔をした千五郎が、

「こいつはいいや」

と言って笑った。聞けば、元は奈良の遊女だったらしい。

「お前さんは大人しそうな顔をして、女を見る目があるようだね。ひょっとして仏門に入るのは、女がらみなのかい」

「違いますよ」

否定すると、千五郎が急に真面目な顔をした。

「琴恵をどう思う」

「え？」

「うちの娘は、お前さんの目にどう見えたかと聞いているんだ」

「家族思いの、よい娘さんだと思います」

満足そうにうなずいた千五郎は、次に行こうと言って、隣の旅籠に入った。

三十軒すべてを回り終えた時は、日が西にかたむきはじめていた。

何軒かに酒肴(しゅこう)を出されたおかげで、千五郎はすっかり酔っている。

「皆さん、好(い)い人ばかりですね」

真十郎もほろ酔いだったので思ったことを口に出すと、千五郎は肩を抱いてきた。

「そうだろう。お代官様も、前は好い人だったんだ。それなのに……」

耳目を気にした真十郎は、千五郎の口に手を当てて黙らせ、話を変えた。

「吉左衛門さんの宿にも、蠟燭を届けているのですか」

「泊まってみてどうだった。隠れ家のようでいい宿だったろう？」

「はい」

「でも客がいないから、届けなくていいんだ。それに真十郎も大将と女将を知っているから、あいさつもせんでいい。帰ろう」

千鳥足の千五郎を支えて帰ると、店番をしていた琴恵が驚いた。

「遅いと思ったら、どこに上がり込んで飲んでいたのですか」

千五郎が上機嫌で応じる。

「真十郎を連れて、得意様にあいさつ回りをしていたんだ」

「呼び捨てにして……」

「いいんです。むしろ嬉しいので」

真十郎が言うと、千五郎はまた、肩を抱いてきた。

「いずれわたしの息子になるんだからな」

「おとっつぁん！」

琴恵が慌てると、千五郎が指差した。

「見ろ真十郎、まんざらでもなさそうだぞ」

「もう、知らない！」

琴恵は怒って、奥に行ってしまった。

酔っている千五郎を寝間に連れて行くと、蓮江が布団を敷いた。千五郎は横になると、大きな息を吐いて目を閉じた。

「酒が強くないのにそんなに飲んで」

蓮江に返事をしないところをみると、眠ったようだ。

「ごめんなさいね」

「いえ」

真十郎は蓮江に頭を下げて、与えられていた離れの六畳間に戻った。

蓮江が水を取りに行こうとすると、千五郎が手をつかんだ。

「まあ、起きていたのですか」

目を開けた千五郎は、微笑んだ。

「今日一日連れて歩いてみて、確信したよ。真十郎はいい奴だ。婿にほしいくらいにね」

蓮江は座りなおし、目を見て問う。

「確かめるために、代官所に連れて行ったのですか」

「ああ。意地の悪い貴治にどう出るか見たくてね」

「それで、どうだったのです」

「真十郎は、一見すると弱そうに見えるが、なかなか肝が据わっている。あれは、いい商人になるぞ」

「でも、琴恵がなんと言うか」

「ふっふっふ」

「なんです、変な笑い方をして」

「さっき確かめたら、顔を赤くしてまんざらでもなさそうだった。年頃だから、いい具合に持って行けば、いい具合になるぞ」

「よっぽど気に入ったのですね」

「そういうお前はどう思っている」

「わたしは、初めからいいと思っていましたよ」

「こいつめ」

二人は楽しそうに笑い、蓮江がふと思い出したように憂いを浮かべた。

「でも、出家を望む理由が気になります。ここに来る前は、何をしていたのかも知りません」

「そこは、折を見て訊いてみるよ。なあに心配することはない。真十郎は善人に決まっているんだから」

「そうですね」

蓮江はすぐに納得して、楽しそうに笑った。

水を持って来ようとしていた琴恵は、両親の話を廊下で立ち聞きしていたのだが、嬉しそうな笑みを浮かべて、その場を離れた。

台所に戻る途中で、真十郎が外の井戸で顔を洗っているのを見つけて、後ろ姿から目が離せなくなった。顔を洗った真十郎があたりを見回したので、琴恵は慌てて物陰に隠れた。障子の端からそっと見ると、真十郎は着物の肩を外した。あらわになった背中を見た琴恵は、持っていた湯呑(ゆの)みを落としそうになるほど驚いた。真十郎の背中に、斜めに斬られたような傷痕があったからだ。

障子の陰に隠れた琴恵は不安に胸を押さえ、親に知らせようとしたのだが、すぐに考えを改めた。助けてくれた時のことを思い出したからだ。

「悪い人じゃない」

きっと深いわけがあるのだと自分に言い聞かせて、台所に戻った。

七

代官所に居座っている一味の頭目は、満島政義が執務に使っていた部屋を奪い、貴治から報告を受けていた。

「おかげ金は、もうすぐ三百両になります」

渋い顔だった頭目は、表情を和らげた。そばに置いている代官の妾に酒を注がせて、盃を一息に空にすると抱き寄せ、着物の胸に手を入れた。

女は怯えて抵抗せず、身体を萎縮させている。

頭目は女の唇を奪い、突き離して手下に告げる。

「遊んで暮らせる金が集まるまで、存分に楽しませてもらおう」

応じた手下どもが、頭目が突き離した女に群がった。

女の悲鳴を聞きながら、頭目が貴治に告げる。

「万事、抜かりなくやれ」

「承知しました」

そこへ、手下の一人が戻ってきた。

「おかしら、大和屋に、江戸から来たという怪しい剣客が泊まっております」

頭目は、頬がこけた手下に厳しい目を向ける。

「鶴市、どのように怪しいのだ」

「公儀の密偵ではないかと」

頭目は舌打ちをした。

貴治が言う。

「誰かが、奈良の遠国奉行に訴えたのでは」

頭目が別の手下に顎で指図し、女を別室に連れて行かせた。そして、貴治と数人の手下を近寄らせた。

「代官所は封じている。他に心当たりがあるのか」

貴治が応じる。

「旅籠の連中は脅しておりますから、客に訴状を渡すとは思えません」

「ならば、そのほうの思い過ごしではないのか」

指差された鶴市は、神妙に下を向いた。

頭目が命じる。

「念のため、その者から目を離すな。宿場を探る動きを見せた時は構わぬ、斬って捨てよ」

「承知」

応じた貴治が手下を連れて表に出ると、皆に刀を持てと命じた。

壁に掛けてある大刀を腰に帯びた手下たちが外に出た。

赤鞘(あかざや)の刀を取った貴治は、手下を引き連れて宿場へ急ぎ、大和屋を見張った。

中を確かめに行った鶴市が、急いで戻ってきた。

「野郎はいません」

「捜せ」

貴治が手先を連れて走っていると、鶴市に袖を引かれた。

「いました。野郎です」

指差す先に目を向けると、商家の軒先に編笠を被(かぶ)った浪人風の男が立っており、通りを行き交う人を見ていた。そして、旅の男に目を付けると追い、後ろから肩をつかんで振り向かせ、何かを告げると行かせ、元の場所に戻った。そしてまた一人、あとを追って呼び止めると何かを告げ、先ほどと同じ動きをした。

「お前が言うとおり、確かに怪しいな」

鶴市に言った貴治は、男が移動をはじめると抜かりなくあとを追った。男はやがて、辻を右に曲がった。その先は、人がいない道だ。

「代官所に向かっている。こいつは好都合だ」

貴治が追って曲がると、男が消えていた。

「どこに行った」

走った貴治が捜していると、物置小屋の角から、男がつと現れた。

「わたしに何か用か」

驚いた貴治だったが、油断なく言う。

「おれたちは代官所の者だ。ここで何をしていた」

「お前たちには関わりないことだ」

「そうはいかない。代官所まで来てもらおうか」

「拒めばどうする」

「力ずくでも従ってもらうまでのことよ」

「ならば仕方がない」

男は素直に応じるのかと思いきや、いきなり抜刀して斬りかかった。

貴治は咄嗟(とっさ)に一撃をかわし、相手が振るった二の太刀を、赤鞘に納めたままの刀で受け止める。

「舐めた真似をしやがって」

貴治は押し返し、相手を物置小屋の板塀に追い詰めた。

手下たちが左右を囲み、逃げ場を塞ぐ。

剣客は右にいた手下に斬りかかったが、辛うじて受け止めた。その隙に剣客の背後に迫った鶴市が、背中を袈裟斬りにした。

不覚を取った剣客は、振り向きざまに刀を一閃した。鶴市は受け止め、刀を擦り流して逃れた。

背中の痛みに呻いた剣客が、片膝をついた。そこへ、赤鞘を捨てた貴治が迫り、気合をかけて刀を打ち下ろす。

額に一撃を食らった剣客は、呻き声もなく地面に突っ伏し、ぴくりとも動かない。

背中に切っ先を向けた貴治がとどめを刺し、鶴市に命じる。

「持ち物を調べろ」

応じた鶴市が骸を仰向けにして、調べにかかった。

貴治は剣客の刀を拾って、刀身を眺めた。

「なかなかいい刀を持ってやがるところを見ると、遠国奉行の手先かもな」

すると、骸の懐を探っていた鶴市が、一枚の紙を見つけて差し出した。

「持ち物はこれだけです」

「大和屋に行って部屋を調べろ」

八人の中から二人を選んで行かせた貴治は、受け取った紙を開いた。

「人相書きじゃないか」

じっと見た貴治は、鶴市に言う。

「おい、こいつ、お前が棒で頭をぶん殴った真十郎じゃないか」

横から覗（のぞ）いた鶴市が、首をかしげた。

「そうですかね。こっちは立派そうな武家だから、他人の空似じゃないですか。

真十郎は見た目どおりの弱い野郎ですよ」

「確かにな。どうやらこいつを捜していたようだ」

「殺してしまいましたが、どうします」

「おれたちに斬りかかったのが運の尽きだ」

「ねんごろに埋めてやりますか」

「ええい面倒な。お前たち、村から離れた谷に捨ててこい」

「承知しました」

　応じた手下たちが骸を運びにかかった。

　鶴市に人相書きを渡した貴治は、付いて来いと言って大和屋に急いだ。表から中に入ると、先に行かせていた二人が、剣客の荷物を持って客間から出てきた。

　板の間の上がり框に腰かけた貴治に歩み寄り、小声で告げる。

「相部屋の者が言いますには、江戸から来た、道場の主宰だそうです」

　貴治は舌打ちをした。

「役人じゃなかったのか」

「人相書きのことですが、見たことがないか宿の者に訊いていたようです」

「宿の者はなんと言ったんだ」

「あるじをはじめ、誰も知らないと言ったら、見かけたら知らせるよう頼んだそうです」

「仇でも捜していたか」

「ただの仇じゃないようです」

「どういうことだ」

「女将、お話ししろ」

　手下に手招きされた大和屋の女将が、恐れた顔で来て頭を下げた。

　貴治が苛立った。

「あいさつはいいから、さっさと教えろ。奴は何を言ったのだ」

「物騒この上ない話なのですが、捜し人の首を江戸のお武家にお届けすれば、千両もらえるとおっしゃっていました」

「何、千両だと」

「はい。首と引き換えにいただいた褒美で、潰れかけた道場を立てなおすんだって、確かにそうおっしゃいました」

「あの腕で道場主とは笑わせる。弟子が集まるものか」

　器量がいい女将に、大風呂敷を広げたに違いないと思った貴治だったが、念のために訊いた。

「それで、人相書きの男は何者だと言っていた」

「元大名家の若殿様です」

「名前は」

「大垣沖信様だとおっしゃっていました」

「大垣家は聞いたことがある。どうやら、武家同士の争いのようだな。野郎のわけはない」

「どなたのことです？」

「いや、なんでもない。邪魔したな。おいお前たち、商売の邪魔だ、帰るぞ」

暖簾（のれん）を分けて表に出た貴治は、鶴市に言う。

「首に千両とは、よほどの悪党のようだ。どんな若様か、顔を拝んでみたいものだな」

「小がしら、もう拝んでいますよ、人相書きの顔を」

「笑えねぇよ。あの人相書きの面は立派で、見るからに善人だ。首に千両もかけられる悪党なら、顔の相に出ているはずだ。道場主の野郎は金に目がくらんで旅をしていたのだろうが、人相書きだけで人を捜すのは、雲をつかむような話だ」

「納得です」

「同じ金を稼ぐにも、おれたちのほうが確実にもうかる。そうだろう」

「まったくおっしゃるとおりで。代官所は、居心地もいいですからね」

「そういうことだ。帰って一杯やるぞ」

貴治と鶴市は、すぐそこに千両の首がいようとはまったく思いもせず、代官所に引き上げていった。

第二章　山蛭一味の誤算

一

「おい！　酒がないぞ！」

「ただいまお持ちします」

曾良屋（そらや）の二階から怒鳴った鶴市に応じた仲居が、二合徳利を何本も載せた盆を持って階段を上がった。

待っていた鶴市が、お気に入りの仲居を見てにやりとし、手招きする。

「上役がお待ちだから急げ」

はいと返事をした仲居が座敷に入って盆を置き、徳利を手に貴治のところへ運んだ。

座敷に呼ばれている芸者が受け取り、貴治に酌をする。

上機嫌の貴治は、寿万村の者たちが公儀役人の手先と信じているのをいいことに、近頃は態度も横柄になり、こうして毎晩のように旅籠に来ては、代官所のつけで豪遊している。

下の帳場にいる曾良屋の女将は、次々と運ばれる酒や料理を帳面に記して、不機嫌極まりない。

「ああ腹が立つ。どうせ払ってくれないんだから」

「しいっ、声が大きいよ」

慌てるあるじに目を吊(つ)り上げた女将は、二階から聞こえた仲居の悲鳴に驚き、急いで上がった。すると、酒を運ばせた仲居が別の座敷に引っ張り込まれて、鶴市に乱暴をされようとしているではないか。

この手合いには慣れている女将は、手をたたいて声をあげる。

「はいはい、お客さん、お戯れはそこまでですよ。そういうのはなしです」

白けた顔を向けた鶴市が、不機嫌にあぐらをかいて睨んだ。

逃げた仲居を階下に下ろした女将が、笑顔を作って言う。

「鶴市様、座敷の姐(ねえ)さんに話を通しましょうか」

「ふん。あんな皺だらけの化粧お化けはご免だ。おれはな、さっきの仲居が気に入ったのだ。これをやるから呼び戻せ」

懐から小判を二枚投げ置いたのを見た女将が、商売の笑顔を崩さずに拾って、鶴市の手を取って置いた。

「あの子は大事な預かり物ですから、生娘(きむすめ)のまま親元に返さなければいけないんです。ごめんなさいねぇ」

「この野郎、おれを馬鹿にしているな」

「とんでもない。ここで乱暴なことをされますと、他のお客様の耳にも入りますから、鶴市様を心配して申し上げているのです」

動揺の色を浮かべて顔を背ける鶴市に、女将は気付かれないよう冷笑を浮かべた。だが次の刹那(せつな)、目の前に白刃を突き出され、息を呑(の)んだ。

「貴治様、何をなさいます」

「可愛い配下が気に入ったと言うておるのだ。つべこべぬかさず女を連れて来い」

「あの子はお許しを」

「ほう、おれに逆らうのか。ならばお前が相手をしてやれ」

「ご、ご冗談を」

「鶴市、どうだ」

貴治に言われた鶴市は、悪い笑みを浮かべた。

「女将が相手なら、文句はないです」

貴治が刃物を女将の頬に当てた。

「脱げ」

これにはさすがの女将も冷や汗を流し、恐怖のあまり声も出ぬ。

「早くしろ！」

貴治に怒鳴られて観念した女将は、帯に手を掛けた。すると、手下どもが楽しそうな声をあげて集まり、帯を解く女将を囲んだ。

芸者たちは、怯えて助けようとしない。

女将が着物を脱ごうとした時、先ほどの仲居が来て手を止めた。

「言うことを聞きますから、女将さんを許してください」

すると鶴市が、仲居の前に立った。

「初めから大人しくしていればよかったのだ」

下劣な笑みで仲居の襟首をつかんだ鶴市が、別の部屋に引きずり込もうとした時、階段から頭目と代官が上がってきた。

「なんの騒ぎだ」

頭目に厳しい目を向けられた鶴市は、仲居を離し片膝をついて頭を下げた。

貴治が言う。

「曾良屋の者が逆らいますから、躾をしておりました」

「酒に酔って躾もなかろう。下がれ」

「はは」

貴治は手下を連れて、階下に下りていった。

頭目が言う。

「女将、悪かったな。代官から大事な話がある。着物をなおしたら下に来てくれ」

命拾いした女将は、神妙に応じた。

代官を連れて下りた頭目は、おどおどしているあるじを座らせ、女将を待った。

程なく身なりを整えた女将が下りてきて、あるじと並んで座ったところで、代官が口を開いた。

「旅籠の寄り合い衆を束ねる曾良屋に申し伝える」

この一言で、あるじと女将は揃って頭を下げた。

代官が苦渋の面持ちで告げたのは、泊り客に課していたおかげ金に加えて、旅籠からも、日々の売り上げの二割を徴収する沙汰だった。

これに驚いたあるじが、

「おそれながら……」

異を唱えようとした時、頭目が刀をつかんで片膝立ちになり、鯉口を切って見せた。

息を呑むあるじにかわって、女将が言う。

「承知いたしました。皆さんに申し伝えます」

目を細めた頭目が、鯉口を戻して立ち上がった。

「三日の猶予を与える」

頭目はこう告げると、代官と手下どもを連れて引き上げた。

安堵の息を吐いた女将は、身体から力が抜けた。支えたあるじに涙を浮かべた顔を向け、悔しいと言ってしがみ付いた。

二

この村に来てひと月が過ぎようとしている。

月替わりにもらった給銀はお布施にする額には程遠く、この調子だと、年が明けても貯まりそうにない。

どうすべきか考えながら薪割り（まきわ）をしていた真十郎は、ふと視線を感じて顔を向けた。植木の向こうの廊下に藍染の小袖が見え、琴恵が庭に下りて歩み寄ってきた。

「真十郎さん、お茶をどうぞ」

丁度喉が渇いていた真十郎は、笑顔で応じた。

「ありがとう」

「いえ」

琴恵は、恥ずかしそうに目を伏せた。その理由は、昨夜酔って帰った千五郎が、真十郎にずっと店にいろ、琴恵の婿になれと言ったからだ。

琴恵の婿にするという話は冗談だととらえていた真十郎は、話が急ではないかと言った。

すると千五郎は、この村から婿を取ろうにも次男はおらず、和歌山の本家がすすめてくる縁談は、ろくなのがないのだと言った。酔って冗談半分に語っているのだと思い適当に相槌を打っていると、千五郎は真剣に考えてくれと、大真面目なのだ。

真十郎は、己の素性を明かそうとしたが、言えなかった。武家ならともかく、商家の者に血腥い話を聞かせたくなかったのだ。

返答をうやむやにしてしまったことが、今の琴恵の態度に繋がっている。

子供の縁談は親が決めるものだから、琴恵は真十郎と夫婦になるものと、思いはじめているのではないだろうか。

恥ずかしそうにそばにいる琴恵を見て胸が痛んだ真十郎は、はっきり断るべきだったと思った。

夫婦にはなれぬと言うよりは、出家を考えている理由を千五郎に伝えようと決め、湯呑みを空にして返した。

「旨い茶をありがとう。旦那様は、店におられるのかい」

「いいえ、曾良屋に配達に行っています」

「わたしに言ってくだされればよかったのに」

「いいんです。おとっつぁんが曾良屋に行くのは、旦那さんとの将棋が目当てなんですから」

「そういうことか」

真十郎が笑うと、琴恵が近寄って、手拭いで額を拭いてくれた。

真十郎が驚いていると、琴恵が微笑んで、手拭いを見せた。

「木くずが目に入りそうでした」

「優しいのだな」

琴恵は謙遜して笑った。

明るい琴恵と一緒になる男は、きっと幸せ者だ。

真十郎はそう思いつつ、薪割りに戻った。

離れた場所でしゃがんだ琴恵が、頬杖をしてこちらを見ている。

真十郎は黙って仕事をした。

三本ほど割った時、琴恵が口を開いた。

「真十郎さんは、おとっつぁんが言ったことをどう思っているのですか」

唐突な質問に、真十郎は斧を振る手元が狂った。斧に弾かれた薪が飛んでいくのを目で追った真十郎は、汗を拭って琴恵に向く。

「どうって……」

「ここで暮らすことです」

先ほどの恥ずかしそうな素振りは、はっきり訊こうか迷っていたからのようだと気付いた真十郎は、積極的なのは父親に似たのだと思った。

「わたしのことを何も知らないのに、旦那様が本気でおっしゃったとは思えないよ」

「それは……」

琴恵は何かを言いかけて、口を閉ざした。

背中の刀傷を見られているとは思いもしない真十郎は、琴恵の気持ちを知らずに訊く顔をした。

琴恵はなんでもないと言って、立ち上がった。

「もし親が本気だったら、どうしますか」

じっと見つめられて、真十郎は目をそらした。

「出家を考えていますから……」

「わたしは」琴恵が言葉を被せてきた。「親が決めたことに従うだけです。おっかさんもそうだったけど、おとっつぁんと一緒になれてよかったと言っていますから」

武家も商家も、縁談の決め方は同じだと思う真十郎は、ふと、玉緒を思い出した。強くたくましく生きている玉緒は、今頃何をしているのだろう。

「聞いてますか？」

言われて目を向けると、琴恵がじっと見ていた。

活発な娘の、素直な気持ちをぶつけられた真十郎は、好いた男はいないのかと言いかけて、慌てて飲み込んだ。まだ十代の娘だけに、人を想う気持ちが芽生える前に縁談の話をされて、相手の気持ちよりも、自分を納得させたいのではないかと感じたからだ。

親が決める縁談とはそんなものだと言われればそうなのだが、千五郎の期待に応えられる身分ではない。

「お嬢さんには、わたしなんかよりもっと良い相手がいますよ」

「どうして？」

「どうして……」

名を捨てた己は何者なのか。

「わたしは、帰る場所もない、ただの流れ者ですから」

自分に出した答えがそれだ。

「悪いことをして追われる身なのですか？」

はっきり物を言う娘だと思いつつ、真十郎は首を横に振った。人に恥じることはしていない。

するとと琴恵は、白い歯を見せた。この笑顔は、こころを明るくしてくれる。

「帰る家がないから、出家をするの？」

「そういうわけではありません。まだ迷っていますし」

「ここを我が家にするのは、考えられませんか？」

無邪気がそうさせるのか、それとも慈愛に満ちているのか。

真十郎は、不思議な物でも見るような目を向けた。

「本気ですか」

「ええ。おとっつぁんとおっかさんが気に入った人ですもの」

真十郎がそうであったように、琴恵も幼いころから、親が決めた相手と夫婦になるよう言われて育ったのだろう。なんの抵抗もないようだ。

やはり、千五郎にははっきり言わなければ。

「身に余る話ですが、今はまだ、答えが出せません」

琴恵は心外そうな顔もせず、そうですか、と言って微笑み、戻っていった。

千五郎が帰ってきたのは、夕餉（ゆうげ）の支度が調った頃だ。

奉公人が使う板の間で番頭の嘉八と食事をしていた真十郎は、箸を置いて千五郎を迎えた。

すでに食事をすませていた蓮江と琴恵が、千五郎の夕餉の膳を調えにかかる。

居間であぐらをかいた千五郎は、腕組みをして不機嫌な様子だ。

嘉八が気軽に問う。

「旦那様、今日も将棋に負けたのですか」

すると千五郎が、腕組みをしたまま顔を向けた。

「今日は勝ったよ」

そこへ、膳を持って来た蓮江が言う。

「勝ったのなら、何が気に入らないのです？　曾良屋の旦那様と喧嘩でもしたのですか」

「そうじゃない。清兵衛（せいべえ）の話を聞いて、腹が立つんだよ。お上は、この宿場を潰す気だ」

「ええ⁉」

蓮江が大声をあげ、嘉八と琴恵が顔を見合わせた。

蓮江が、どんな話か問うと、千五郎は代官が曾良屋に命じた内容を告げたうえで、こう続けた。

「高いおかげ金だけでなく、旅籠にも無理を言うのは、例の御公儀の役人のせいだ。今のように多くの客がこのまま来続ければ、お宝の寿万湯が涸れてしまうと思っているらしい」

嘉八が、馬鹿な、と言って否定した。

「何百年も前からある湯が涸れたりするもんですか」

「話は最後まで聞け。御公儀の役人がそう言うのは口実で、いずれは将軍家への献上湯にする考えなのだとさ。ようは、将軍家の湯を庶民に使わせたくないのが本音だと、清兵衛はそう言っていた。将軍家のためとあっては、従うしかないそうだ」

嘉八が納得できない様子で口を開く。

「そんなの、旅籠の若い衆が納得するでしょうか。貴治という手先たちが、代官所のつけで豪遊しているのを、みんな良く思っていないはずです」

千五郎が厳しい目を向けた。

「何が言いたい」

「役人たちの横暴が続けば、旅籠の連中だけでなく、村の若い衆が黙っていないのではないかと心配なのです」

嘉八の言葉を受けて、千五郎はため息をついた。

「わたしも気になっているところだ。密かに集まっている者たちがいるからな」

これには琴恵が口を挟んだ。

「おとっつぁん、もしかして、その中に庄吉さんもいるの？」

千五郎が顔を向けた。

「村に戻ってから会っていないのか」

「はい。一度も」

「そうか。庄吉はおそらく、従兄弟の勘助に従って一緒に動いているはずだ」

真十郎が問う。

「いったい、誰なのです？」

千五郎が慌てて応じる。

「勘違いしないでくれよ。庄吉は、琴恵とはただの幼馴染で、木村屋という旅籠の跡取り息子なんだ」

蓮江も大袈裟にうなずいて、二人はなんでもないと言うものだから、真十郎は首を横に振った。

「わたしが知りたいのは、庄吉さんたち若者が、何をする気なのかということです」

　千五郎が笑った。

「ああ、そういうことか。わたしはてっきり、琴恵との仲が気になったのかと思ったよ」

　真十郎は返答に困った。

　琴恵が顔を赤くしている。

「もう、おとっつぁんとおっかさんたら、真十郎さんが嫉妬なんかするはずないでしょう」

　千五郎が不服そうな顔を真十郎に向けた。

「しないのか?」

「いや……」

　このままではらちが明かないので、真十郎はこう切り出した。

「村の若い衆は、集まって何をする気なのですか」

「お前は知らなくていい。下手に首を突っ込んで巻き添えを食えば、この前のようなことではすまなくなる」

「それはつまり、このたびの沙汰を不服として、代官所とことを構えるという意味ですか」

「まあ、手っ取り早く言えばそういうことになる」

「それは無謀で危険です」

「わたしもそう思うからこそ、関わるなと言っている」

蓮江が渡した茶を飲む千五郎に、琴恵が身を乗り出して訴えた。

「おとっつぁんは、見ないふりをする気なの？」

「これ、琴恵」

母親が止めたが、琴恵はやめない。

「代官所とことを構えるって、みんなはいったい、何をする気なの？」

千五郎は茶を飲んで渋い顔をした。

「はっきり聞いたわけじゃないが、大勢で訴えを起こして、御公儀の役人と手先たちを村から追い出す気じゃないだろうか」

琴恵は息を呑んだ。

「一揆(いっき)を起こす気なの」

「し、声が大きい」

千五郎に言われても、琴恵は黙っていない。

「でもおとっつぁん、一揆を起こせば、重い罰を受けるんでしょう」

「だから関わるなと言ったんだ」

「そんなのだめよ。みんなを止めないと」

行こうとする琴恵を、千五郎は慌てて止めた。

「お前が行ったところで、聞くもんか。勘助たちは、これまで村のために尽力してきた。寿万湯を上方(かみがた)に広めてより多くの客を呼び込んだのも、勘助と仲間たちだ。中には、客の入りを見込んで宿の建て増しをしている者もいる。将軍家のために客が来ないようにすると告げられて、はいそうですかとは言えないだろうさ」

「でも……」

「いいから、お前は大人しくしていなさい。真十郎、こんな娘だが、よろしく頼むよ」

ここでそれを言うかと思った真十郎は、返答に困り笑ってごまかした。だが、幼馴染を心配する琴恵の気持ちはよくわかる。そこで、笑みを消して思ったことを告げた。

「皆さんが早まったことをしないよう、説得してみたいのですが」

千五郎は困り顔をした。

「お前までそんなことを言って」

「訴えには加わりません。代官所の沙汰に反抗した者がどうなるのか伝えるだけですからご心配なさらず、皆さんが集まる場所を教えてください」

「お前は、どうなるか知っているような口ぶりだな」

「旅をしていた時に、百姓一揆があった村を見たことがあります」

千五郎は、琴恵と同じように身を乗り出した。

「どうなったんだ」

「御公儀は、徒党を組む者を厳しく罰します。先頭に立った者たちは一族が捕らえられ、一揆を扇動した罰として、さらし首にされていました」

思わず自分の首を鷲づかみにした千五郎は、恐れた顔をした。

琴恵が必死の顔を向ける。

「おとっつぁん、真十郎さんがきっと止めてくださいますから、言うとおりにして」

蓮江が続く。

「お前様、若い者たちはお代官様がお優しいから、訴えを聞いてくださると思っているに違いないんです。自分の目で見た真十郎さんの話を聞けば、きっと考えなおしますよ」

千五郎はうなずいた。

「よしわかった。真十郎、必ず止めてくれ」

「はい」

「若い衆が密かに集まっているのは、貴治たちが目もくれていない吉左衛門の宿だ。代官所の沙汰が回ったばかりだから、今日も集まっているかもしれん」

応じた真十郎は、さっそく行くと言って立ち上がった。

「わたしも行きます」

琴恵も続こうとしたので、真十郎が止める。

「貴治たちがいつ嗅ぎつけて来るかわかりませんから、お嬢さんは待っていてください」

蓮江が娘の袖を引いた。

「真十郎さんが心配なのはわかるけど、女のお前がしゃしゃり出ることではありませんよ」

大人しく座りなおす娘に目を細めた蓮江が、真十郎に言う。

「危ないと思ったら、無理をせず帰るのですよ。うちは蠟燭屋だから、代官所のお沙汰には関わりないのですからね」

しっかり釘(くぎ)を刺された真十郎は、頭を下げて応じ、一人で出た。

三

宿に行くと、本日休み、という紙が貼られていた。

それでも真十郎は戸をたたき、名を告げて用件を伝えた。

「こちらに勘助さんや庄吉さんが来られていませんか。おられましたらお取次ぎを願います」

すると、吉左衛門が戸を開けて顔を出した。

「よそ者が首を突っ込むな」

けんもほろろに返して、戸を閉めてしまった。

真十郎は戸をたたく。

「そう言わずに入れてください」

戸の向こうに気配はあるが、返事はない。

「わたしにまかせて」

真十郎は琴恵の声に振り返った。

「どうしてここに？」

「心配だから、おっかさんの目を盗んで来ちゃった」

笑顔で告げた琴恵は、戸に向かって声をかける。

「吉左衛門さん琴恵です。勘助さんたちが無茶をしないよう説得したいと思っています。お願いですから、入れてください」

すると吉左衛門は戸を開けて、渋い顔で真十郎を見てきた。

「お前さんが泊まった離れだ」

「ありがとうございます」

真十郎は琴恵を促して、離れに急いだ。戸口からではなく庭に回ってみると、客間で十人の若者が車座になり、話をしていた。

「庄吉さん」

琴恵の声に皆が顔を向け、身体の線が細い若者が縁側に出てきた。

「琴恵、おれたちがここにいるって、誰に聞いたんだい」

「おとっつぁんよ。みんなで集まって、なんの相談をしているの？」

「見てのとおり、将棋をしていただけだ」

告げたのは、意志が強そうな面構えをした若者だ。

琴恵がその若者に言う。

「勘助さん嘘は言わないで、ほんとうは何をする気なの？」

「嘘なんかついていないよ」

とぼける勘助に、真十郎は口を挟んだ。

「代官所に行く相談をしていたのでは？」

すると勘助が、不機嫌な顔を向けてきた。

「よそ者は黙っていろ」

「そうだそうだ。よそ者は口を出すな」

皆から言われても、真十郎は引かなかった。

「落ち着いてください。もし訴えをお考えなら、大勢で代官所に押しかけるのは上策とは言えません」

琴恵が続く。

「そうよ。旅をしていた真十郎さんは、一揆を起こした人たちがどうなったか見たことがあるから、皆さんを止めようとしているんです」

「どうなるんだ」

一人の若者に訊かれて、真十郎は見たままを告げた。

拷問の末に首を斬られてさらされると知った若者たちは、不安そうな顔をして口を閉ざした。

そこで真十郎が持ちかける。

「上方から来ているお客さんに頼んで、奈良の遠国奉行に訴状を届けていただくのはどうですか」

勘助が即座に反論した。

「万が一奴らに見つかれば、お客様が何をされるかわからないので頼めるわけがない」

「やはり、集まって将棋を楽しんでいたのではないようですね」

勘助が目を泳がせたのを、真十郎は見逃さない。

「代官所に押しかけるつもりですか」

「………」

目をそらして答えない勘助に、琴恵が必死に言う。

「お願いだから何もしないでください。せめて、御公儀の役人が村から出ていくのを待って」

するとと勘助が、困ったような笑みを浮かべた。

「決めつけないでくれよ。将棋をしていただけだ。なあみんな」

「嘘よ。庄吉さん、ほんとのこと教えて」

庄吉が何か言おうとしたが、勘助に睨まれて口を閉じた。

真十郎が告げる。

「どうやったら役人を追い出せるか話し合っていたのでは？」

勘助は真十郎に鋭い目を向けたが、反論しない。下を向いている皆を順に見た
真十郎は、こう告げた。

「追い出す相談をしているのを役人に知られれば、何をされるかわかりませんよ」

すると、皆が血気に満ちた顔を向けてきたので、真十郎は驚いた。

「まさか本気で、一揆を起こすつもりですか」

勘助が笑った。

「そんなことするものか。なあみんな」

「そうだよ」

「するもんか」

「さらし首なんて御免だ」

若者たちは口を揃えたが、庄吉は黙って下を向いている。

「将棋の邪魔をしないでくれ」

勘助が言って座敷に戻り、将棋盤の前に座った。

若者たちはその周囲に集まり、次の手はどうのこうのと言い、真十郎と琴恵を相手にもしない。

どうにも心配だった真十郎だが、これ以上訊いても答えないだろうと思い、琴恵を促して立ち去った。吉左衛門に声をかけて帰ろうと思い裏から母屋に入ると、まだ泊まっていた瀬津が声をかけてきた。

「若いのは元気でいいね。お前さん、一杯付き合っておくれ」

真十郎は断ろうとしたが、手招きする吉左衛門に応じて、琴恵と囲炉裏端に座った。

瀬津の酌を受けて酒を飲み、返杯した。

すると、瀬津がじっと目を見てきた。

「若い者は時々無茶をするから心配だよ。わたしの孫も、無鉄砲をして死んでしまったんだよう」

ほろりと涙を流す瀬津を見た琴恵が、心配そうに口を開く。

「やっぱり、勘助さんたちは何かする気なんですね。お婆様、ご存じなら教えてください」

するとと瀬津は、琴恵に顔を向けた。

「あたしが心配なのは離れの人じゃなくて、この人だよ」

そう告げて、真十郎の目を見た。

「今は穏やかだけど、裏から入った時はあたしの孫とおんなじ目をしていたから、声をかけたんだよ」

琴恵が驚き、真十郎を見てきた。

「この村に来る前は、何をしていたのですか」

真十郎は即答した。

「旅をしていました」

「背中の傷痕を見ました」

真十郎が驚いて琴恵を見ると、真剣な眼差しで口を開く。

「正直に教えてください」

真十郎は目をそらさず微笑んだ。

「旅の途中で、争いに巻き込まれた時に怪我をしただけです」

「ほんとうに？」

「はい」

笑ってごまかす真十郎に、瀬津が言う。

「情に厚いようだけど、危ないことはしないでおくれ。さ、もう一杯お飲みなさい」

酌を受けていると、おくめが来て言う。

「年寄りを心配させないで、大人しくしていることだ」

「何もしませんよ」

真十郎は微笑んで酒を飲み、瀬津に返杯した。

「ごちそうさまでした。琴恵さん、帰りましょう」

素直に応じる琴恵と共に吉左衛門に頭を下げた真十郎は、宿をあとにした。

座したまま見送った瀬津は、真十郎が返した盃を見ながら吉左衛門に告げる。

「ごまかしているつもりでも、育ちの良さは出るものだよ。時折見せる所作からして、元は間違いなく武家だね」

吉左衛門は見抜いていたのか、驚きはしない。

おくめは驚いた。

「ほんとうですか」

「わたしの目に狂いはないよ。上役の不正を暴こうとしていた時の孫もあんな顔をしていたから、心配だね」

おくめは吉左衛門に顔を向けた。

「きっといい人だから、勘吉たちの仲間になってもらったらどうかね」

すると吉左衛門が不機嫌な顔をした。

「馬鹿を言うな。武家でも、あいつは見るからに弱そうじゃないか。千五郎は何を気に入ったのか知らんが、婿にしようとしている者を誘って怪我でもさせてみろ、生涯恨まれるぞ」

「ああ、確かにそうだ。でも、こんな田舎の婿に収まるかね」

「千五郎が気に入っているから、放すもんか。まあ、娘が器量よしだから、あいつもその気になるかもな。さっきも、仲が良さそうだったしよ」

吉左衛門はおもしろくもなさそうに言い、仕事に戻った。

真十郎と琴恵が歩いて去った道に、木陰から一人の若者が出てきた。木村屋の手代だ。

手代は真十郎たちを見ていたが、吉左衛門の宿に疑いの目を向ける。

程なく、勘助たちが出てくるのを見た木村屋の手代は、ふたたび隠れて見送り、舌なめずりをして代官所に走った。

四

「よく知らせてくれたな。引き続き頼むぞ」

貴治から金を受け取った木村屋の手代は、はいと応じて、嬉しそうに帰っていった。

「ふん」

悪い顔をした貴治は表の客間に行き、頭目に知らせた。

「おかしら、やはり勘助たちは怪しい動きをしていますよ。真十郎の野郎も、奴らが集まっている宿から出てきたそうです」

頭目は鋭い目をした。

「それは気になるな。あの男は、実は人相書きの大垣の倅(せがれ)本人で、我らが偽物だと感付いたのではないか」

貴治は笑った。

「それはあり得ませんよ。真十郎はわしらに痛めつけられても丸まっていただけですから、武家じゃないでしょう」

「油断するな。前老中の倅ならば厄介だ。勘助たちと何度も密会するようなら、まとめて始末しろ」

「わかりました」

　貴治は頭目の前から下がり、廊下を歩いて手下たちのところへ向かった。

　それを隠れて見送ったのは、代官の若き家来の橋詰亮太だ。

　頭目と貴治の話を盗み聞きした橋詰は、急いであるじの元へ行った。

　あるじが幽閉されている部屋の前に見張りはおらず、手下どもは庭で矢を射て遊んでいる。

　その者たちを横目に廊下を急いだ橋詰は、誰も見ていない場所で片膝をつき、障子に向かって声をかける。

「お代官、橋詰です」

「入れ」

　声に応じて障子を開けた橋詰は、まずは耳目がないのを確かめ、あるじに頭を下げて告げた。

「望みが出てきました」

真十郎の存在を知った代官は、明るい顔をした。

「間違いないのか」

「頭目が気にしておりましたから、賭けてみてはいかがでしょうか。お許しあらば、それがしが抜け出して助けを求めます」

「では一筆書こう」

代官はしばし考えたのちに筆をとり、満島政義の名をもってしたためた密書を託した。

橋詰は人目を盗んで裏庭を走り、土塀を越えて外へ出ることに成功すると、夕暮れ時の道を月光堂に走った。

背後で叫び声がしたので振り向くと、弓矢で遊んでいた見張り役がこちらに向けて矢を放った。

「誰か逃げたぞ！」

狙いは大きく外れたが、裏木戸が開き、数名の追っ手がかかった。

足に自信があった橋詰は、それからは振り向かずに走った。田畑のあいだの道を駆け下り、宿場に入ると、行き先がばれないように身を隠した。

追ってきた者たちが、目の前の通りを走り去る。

建物に立て掛けてある材木の裏から出た橋詰は、手下どもの背中を見送り、通りを戻った。


「いたか！」

貴治の怒鳴り声に、手下どもが首を横に振る。

舌打ちをした貴治が、宿泊客でにぎわう通りを見渡していると、鶴市が走ってきた。

「橋詰を捕らえました」

手下が連れて来た橋詰を睨んだ貴治は、代官所に戻ると、石畳が敷かれた仕置き場に吊るした。

自ら鞭（むち）を取り、橋詰の顔に当てて問う。

「何が狙いで逃げた」

「毎日閉じ込められてあまりに退屈だから、女を買いに行こうとしていただけだ」

「そんな嘘がおれに通用すると思うな。痛い目に遭わされたいのか」

「ほんとうだ」

「黙れ！」

貴治に胸を打たれた橋詰は痛みに呻いたが、歯を食いしばって耐えた。

「言え！　何をしようとしていた」

橋詰は笑った。

「それがしは、女好きなんだよ」

怒りをあらわに貴治が連打すると、さすがの橋詰も痛みに苦しみ、口から血を吐いた。

気を失ったところで、鶴市が水をかけて目をさまさせると、小声で告げる。

「そんなに頑張っても今の状況は変わりやしないんだから、言いなよ。このままじゃ死ぬぞ」

橋詰は血がまじった唾を鶴市の顔に吐きかけ、にやりと笑った。

目をつむって拭った鶴市は、貴治に頭を下げた。

「お疲れでしょうから、かわります」

「お前は引っ込んでろ」

貴治は鞭を捨てた。炭が赤々と熾(おこ)っている七輪に入れられている鉄の棒を取ると、手下どもに顎で指図する。

応じた手下が、橋詰の顔を押さえて動けなくすると、一人が瞼（まぶた）を無理やり開けた。

鶴市が顔を背ける。

貴治は、赤く焼けた棒の先を橋詰の目に近づけ、嬉々（きき）とした顔をする。

「やめろ、やめてくれ」

「もう遅い」

右目を焼かれた橋詰の悲鳴が外まで響き、見張っていた手下どもが顔を見合わせている。

座敷で悲鳴を聞いた代官の満島は、橋詰に違いないと思い心配した。

その満島の前に頭目が来たのは、橋詰の声がしなくなってしばらくしてからだ。

正座する満島の前に立った頭目に問う。

「橋詰に何をした」

すると頭目は、不敵な笑みを浮かべて応じる。

「奴は強情が過ぎて、命を落とした」

満島は愕然とした。

「殺したのか！」

「誰のせいだ」

殺気に満ちた目を向けられ、満島は息を呑む。

そこへ、息子が連れて来られた。

目を見張る満島を見据えた頭目は、息子を前に立たせ、首に鋭い刃物を当てて告げる。

「次に妙な真似をすれば、皆殺しにして火をかけるぞ」

橋詰は白状しなかったのだと察した満島は、きつく目を閉じた。

「わたしは、何も指図していない」

「どうでもよい。これからのことを申しておる」

「わかりました」

「ではもうひとつ、家来に勝手をさせた罰として、おかげ金を上げる沙汰を出せ」

満島は驚いた。

「待ってくれ。これ以上は客が納得しない。遠国奉行の耳に入るぞ」

いきなり顔を殴られた満島は、顔を歪めた。

「父上！」

心配する息子に、満島は大事ないと言ったが、もう一発殴られて倒れた。

頭目が息子の喉に刃物を向けて満島を睨む。

「どうする」

満島は両手をついた。

「従いますから、息子だけは助けてください」

筆を投げ置き、息子を手下に渡した頭目が貴治を呼んだ。

すぐさま庭に現れた貴治に、頭目は、満島が沙汰をしたためた書状を渡して告げる。

「この沙汰を出せば若造どもが決起するだろうから、集まったところを一網打尽に討ち取れ」

「良い策かと」

貴治は満島の書状を受け取ると、手下どもを連れて代官所を出た。

五

その頃、真十郎は、訪ねてきた若い女に会っていた。千五郎たちが知る女は宿場の料理屋の娘で、名をちづと言う。

泣きながら来たおちづが、真十郎に預かっている物があるというものだから、千五郎は勘助たちからだと思い、座敷に上げていたのだ。

ところが、話は違っていた。真十郎に差し出されたのは、橋詰が持っていたはずの、代官の密書だった。

追っ手から逃げていた橋詰は、おちづを見かけて路地に引っ張り込み、密書を預かってくれと頼んでいた。もしも自分が明日取りに来なければ、悪い奴らに捕まった証だから、代わりに、月光堂の真十郎という者に届けてくれと言ってその場を離れていたのだ。

心配になったおちづは、走り去る橋詰を追った。だが、追い付く前に橋詰は追っ手に囲まれて、捕まってしまったという。

物陰から見ていたおちづは、密書を届ければ橋詰を助けられるのではないかと思い、急いで真十郎を訪ねたのだ。

おちづは、涙ながらに訴えた。

「橋詰様は、代官所に悪い奴らがいるとおっしゃっていました。橋詰様を捕まえたのは御公儀の役人の手先ですから、あの人たちのことではないでしょうか」

千五郎と蓮江は、代官の家来である橋詰が真十郎を頼ろうとしたことに疑念を抱き、琴恵は不安そうな顔をしている。

千五郎がそこのところを問うと、おちづは涙を拭って答えた。

「橋詰様は、真十郎様が密書をお読みくだされば、必ず力になってくださるとおっしゃっていました」

千五郎はいぶかしげな顔をした。

「真十郎、どういうことだ？」

真十郎は、自分の正体が知られているのかと思ったが、わからないとごまかした。

琴恵が真十郎の手から密書を奪った。

驚いた千五郎が取り戻そうとしたが、琴恵は手を引いて立ち上がった。

「読めばとばっちりがくるから、奈良の御奉行様に送ったほうがいいんです」

千五郎が困り顔をした。

「読んでみないとわからないだろう。返しなさい」

「琴恵さん、旦那様のおっしゃるとおりです」

真十郎が手を差し出すと、琴恵は渋々返した。

真十郎は、皆には見えぬように開いて目を通す。

書かれていたのは、御公儀の役人というのは偽りで、押し入ってきた一味に不覚にも息子を人質に取られ、代官所を乗っ取られているという内容だった。

そして満島代官は、貴殿がもしも、前老中大垣沖綱殿の御嫡男ならば、この窮地をお助け願いたい、と締めくくっていた。

千五郎が首を伸ばすようにして問う。

「なんと書かれている」

真十郎は文を見せず、懐に入れた。

千五郎は蓮江と顔を見合わせ、心配そうに口を開く。

「わたしたちに言えないことか」

「一晩考えさせてください」

「何をだ」

「ここでは言えません。おちづさん、橋詰様から密書を預かったことを誰かに言いましたか」

「いえ」

「良かった。では胸にしまっておいてください。橋詰さんを捕らえた者たちの耳に入れば、おちづさんの身が危ないですから」

おちづは不安そうに問う。

「橋詰様は、ご無事でしょうか」

「それはわかりません。とにかく、他言はしないように。皆さんも」

いつになく厳しい口調の真十郎に、千五郎たちは承知した。

琴恵が心配そうな顔を向けてきたのに対し、真十郎は穏やかな顔で顎を引いた。

「大丈夫。一晩考えてなんとかしますから。旦那様、おちづさんがわたしといるのを代官所の者に見られないほうがいいので、お送りしてもらえませんか」

「わたしは一人で大丈夫です」

おちづはそう言ったが、千五郎が応じた。

「ついでに一杯飲ませておくれ。さ、行こうか」

おちづは恐縮したが、真十郎は頭を下げて礼を言い、戸口まで送った。それからは策を考えるべく、一人で部屋に籠もった。

どうして代官は、自分を沖信だと思っているのだろうか。

考えてもわかるはずもなく、真十郎は、どうすれば村の危機を救えるか、文を読み返しながら頭をひねった。

仰向けになって目を閉じ、頭の中で策を巡らせた。どれほど時が過ぎたか、行灯（あんどん）の芯が短くなり、やがて油が切れて火が消えた。

真っ暗い部屋で目を開けていると、障子を開けている格子窓がやけに明るく見えてくる。そこから見える星を眺めながら、旅の途中で立ち寄った京都を思い出した時、ふと、妙案が浮かんだ。

考えをまとめている時に、格子窓から足音が聞こえて、部屋の戸をたたかれた。

「真十郎さん、おとっつぁんが呼んでいます」

琴恵に応じて表の戸を開けると、不安そうな顔をして立っている。

「何があったのです」

「………」

答えぬので急いで行こうとしたのだが、琴恵が袖をつかんで止めた。

「橋詰様が、亡くなられました」

悪党の所業に、真十郎は胸を痛めた。話を聞きに行こうとしたが、琴恵が腕をつかんで引く。

「危ないことはしないで」

吉左衛門のところで瀬津から言われたことが気になっているのだろう。目を潤ませている琴恵の手が震えていた。

そっと手をにぎった真十郎は、微笑んでうなずく。

「大丈夫。いいことを思いつきましたから」

「何をする気ですか」

「わたしにまかせて」

琴恵を落ち着かせて母屋に入り、居間に行くと、待っていた千五郎が近くに座れと言った。

応じて膝を突き合わせる真十郎に、千五郎は腹立たしげに告げる。

「橋詰様が亡くなったのは聞いたか」

「聞きました。どうして命を落とされたのです」

「代官所から銭を取って捕まったのを苦に、自害したそうだ」

「それは口実で、連れ戻した者たちに殺されたのでしょう」

「恐ろしい。代官所でいったい何が起きている。例の密書は、なんだったんだ」

「旅籠のことですから、旦那様は知らないほうがいいでしょう」

すると千五郎は、不機嫌になった。

「真十郎、お前はいずれわたしの息子になるんだ。一人で抱え込む奴があるか」

本気で言う千五郎に応じた琴恵が、真十郎の袖を引いた。

「お願いです。教えてください」

真十郎は琴恵に顔を向けた。

「ここは、わたしにまかせてください」

琴恵は目を伏せた。

「どうしても、教えてくれないのですね」

「琴恵さんにひとつお願いがあります」

すると琴恵は、すぐさま顔を上げて応じた。

「なんでもします」

「勘助さんと密かに会えるよう、明日、庄吉さんに頼んでもらえないだろうか」

「会って何をする気です」

「頼みたいことがあるのです」

肝心なことを言わぬ真十郎に、琴恵は悲しそうな顔をした。

「どうして教えてくれないのですか」

「すみません」

千五郎が口を挟んだ。

「琴恵、真十郎はわたしたちを心配してくれているんだ。もういいから、言われたとおりにしなさい」

「わかりました。明日でいいんですね」

「はい。お願いします」

琴恵は素直に従い、自分の部屋に戻った。

千五郎が言う。

「琴恵のためにも、危ないことはしないと約束してくれ」

「旦那様、わたしは婿には……」

「お代官様が密書を送るほどだから、身分が違うとでも言いたいのか」

言葉を被せて、探るような顔をしている千五郎に、真十郎は首を横に振る。

「そうではなく、出家への想いがあるからです」

千五郎は安堵して目を細めた。

「まあ、そう答えを焦ることはない。お布施が貯まるまでのあいだじっくり考えてくれ」

はっきり断ろうと思ったが、千五郎は会話を切るようにあくびをした。

「もう遅いから寝よう。明日は一日休んでいいから、お代官様の手紙の件を片付けることだ」

応じた真十郎は部屋に下がった。布団に横になり、まんじりともせず考えごとをした。やはり気になるのは、代官がどうして、自分を大垣沖信だと思ったかだ。文の内容からして確信しているようではないが、名前が挙がったこと自体が解せなかった。

うまく策を弄して代官を助けた時に訊いてみるしかないと思った真十郎は、目を閉じた。

朝早く目をさまして支度をすませ、朝餉の支度を手伝いに行こうとしたところ、琴恵が部屋の戸をたたいた。

戸を開けると、琴恵が膳を持っていた。

「今日はお店のことはいいのだから、ゆっくり食べてもらおうと思って」

「すみません。いただきます」

受け取ろうとしたが、琴恵は入って座敷に上がり、膳を置いた。

「座ってください」

「はい」

向き合って座ると、琴恵は箸を取ってくれた。

「庄吉さんに話をして来ました」

真十郎は驚いた。

「早くからすみませんでした」

「いいんです。今は発たれるお客さんのお世話で忙しいから、一刻（約二時間）後に、吉左衛門さんのところの離れで会うそうです」

「ありがとうございました」

「わたしも行っていいですか」

「それはだめです」

「そう言われると思っていました」

なんだか嬉しそうに聞こえた真十郎は、琴恵の顔を見た。やはりそうで、琴恵は明るい笑みを浮かべる。

「おっかさんが、わたしたちを巻き込まないよう心配してくれる真十郎さんは、とっても男らしいって、褒めていました」

「そうですか」

安堵した真十郎は、菜物と油揚げのおかずに箸を付けた。

「旨い」

「よかった」

「琴恵さんが作ったのですか」

「おっかさんに半分手伝ってもらいました」

正直に言う琴恵の無垢に、真十郎は微笑んだ。

約束の刻限に間に合うよう一人で店を出た真十郎は、この間のように琴恵がこっそり付いて来ていないか確かめながら道を急いでいたのだが、ふと気配を感じて目を向けた。すると、木陰に身を隠す者が視界の端に入った。

気付かないふりをして歩いて行き、通り過ぎて足を止めた。すると、松の大木から顔をのぞかせた者が、真十郎に見られているのにぎょっとして、走り去ろうとした。

追って腕を引いた真十郎に若い男は抵抗したが、逃げられぬと知ると手の平を返し、地べたにひざまずいて許しを乞う。

真十郎はこの男に見覚えがあった。蠟燭の配達をした時に見たことがあるのだ。

「お前さんは確か、木村屋の手代だな」

「お願いです。このことは、女将さんには内緒にしてください。追い出されたら行くところがないんです」

「ここで何をしていた」

「貴治様に命じられて、若旦那を見張っていました」

「庄吉さんを？　どうして？」

あえて問うと、手代は下を向いて答えた。

「岩戸屋の勘助さんと何をしているか探るよう言われたのです」

「金で雇われたのですか」

手代はさらに首を垂れた。

「お役人の言いつけですし、母の薬代の足しになると思いまして」

手代は手を合わせて懇願した。

真十郎は応じる。

「わかりました。言いません。そのかわりひとつ教えてください。お役人は、ただ将棋をするために集まっているのを見張らせて、何をする気なんでしょうね」

「さあ、何も聞いていません」

手代はほんとうに見張っていただけのようで、悪意はなさそうだった。

「将棋をしているのを、一緒に見に行きますか」

真十郎の誘いに、手代は両手を振って拒んだ。

「見張っていたのを若旦那に知られるとまずいですから、わたしは帰ります」

「代官所に行くのですか」

「行きません。仕事に戻ります」

「そうですか。では、遅れますのでこれで」

真十郎が頭を下げると、手代も頭を下げて走り去った。

吉左衛門の宿に向かった真十郎は、戸をたたいた。

迎えに出た吉左衛門は心得ており、離れに案内する。

表の座敷に行くと、一人座っていた勘助が、真顔で顎を引いて前を指した。

真十郎は正座して頭を下げた。

「呼び出してすみません」

「用とはなんです」

不機嫌そうに言う勘助の横に座った吉左衛門が、渋い顔で問う。

「代官所の橋詰様がお亡くなりになったことと、関わりがあるのか」

二人の厳しい目を受け止めた真十郎は、話を切り出した。

「その橋詰様から、わたしに密書が届きました」

「えっ」勘助は意外そうだ。「どうしてお前さんに」

「わたしにもわかりません」

こうごまかすと、吉左衛門が眉間の皺をより深くした。

「何が書かれていた。遺言か」

「この村に起きている悪いことです」

「もったいぶらずに、さっさと教えろ」

真十郎は、二人を順に見た。

「密書によると、代官所にいる連中は御公儀の役人などではなく、山蛭（やまびる）の一味だそうです」

「なんだと！」

勘助は尻を浮かせて驚きの声をあげた。

「何者か知っているのですか」

問う真十郎に、勘助は顔を横に振った。

その横で吉左衛門が舌打ちをした。拳で畳を打って怒りをぶつけると、また舌打ちをした。

「わしとしたことが、早く気付けばよかった」

「ご存じなら教えてください」

真十郎が言うと、吉左衛門は不機嫌な顔を向けた。

「山蛭は五年前に、わしの弟が暮らしているよその村に現れた。奴らは、村で一番の長者宅に押し入って居座り、身代を食い潰して逃げたのだ。しかも、表沙汰になるまでの三月（みつき）のあいだ、村の者は誰も気付かなかった」

「家の者は、どうなったのです」

「殺されはしなかったが、離散した。女房は正気を失い、家の銭箱には小銭しか残っておらず、あるじはどこかに行ってしまったのだ。これと同じようなことが他の村でも続いていた時期があり、いつしか山蛭だと言われるようになった。まさか奴らが、代官所を乗っ取るとは」

勘助が立ち上がった。

「相手が役人じゃなく賊なら、恐れることはない。今すぐみんなを集めて、奴らを捕まえてやる」

血気に逸（はや）る勘助の腕を吉左衛門がつかんだ。

「待て。橋詰様は奴らに殺されたに違いない。お前たちが行ったところで、何ができようか」

「黙ってられるか」

「殺されるぞ！」

吉左衛門の大声に、勘助は足を止めた。

真十郎が続く。

「お代官の息子さんが一味の人質にされているそうですから、手荒なことはしないほうがいいですよ」

「くそ！」

勘助は悔しそうに座ってあぐらをかいた。

「じゃあどうするんだ。おかげ金を取られた客は、もう来ないと言っているんだぞ。奴らに村を潰されるのを黙って見ていろと言うのか」

「今日は、いいことを思い付いたから、勘助さんの力になりたいと思って来たのです」

真十郎は二人に近づいて、小声で策を告げた。

吉左衛門は渋い顔で睨み、勘助は目を白黒させた。

「そんなの、うまくいくのか」

「わたしは京都で見たことがありますから、三人だけの秘密にすれば、きっと大丈夫。そこで吉左衛門さんにお願いです。誰にも知られないように、上等な紙と筆をご用意ください」

「それならある」

応じた吉左衛門は離れから出ていった。

待つあいだ、勘助に細々（こまごま）とした指図をした真十郎は、用意された紙に筆を走らせた。

墨を十分に乾かし封をした真十郎は、膝を転じて勘助に差し出した。

意気盛んに受け取った勘助は、吉左衛門に頭を下げ、離れから出ていった。

六

宿場に戻った勘助は、旅籠の寄り合いのまとめ役をしている曾良屋に駆け込むと、手代に告げた。

「清兵衛さんはいるかい？」

「へえ、おられます」

「役人は来ていないかい？」

「はい」

「清兵衛さんに大事な物を渡したいから、呼んでくれ」

「少々お待ちを」

手代は板の間に上がり、奥へ行った。

山蛭の連中が来ないのを祈りながら待っていると、手代が戻ってきた。

「どうぞ、客間にお上がりください」

勝手知ったる曾良屋の廊下を歩いて客間に行くと、待っていた清兵衛が厳しい顔を向けてきた。

「勘助、まさか、危ないことを頼みに来たんじゃないだろうな」

密かに集まっていることを知る清兵衛は、おかげ金を上げる沙汰が出たばかりだけに、若い連中の決起を警戒しているようだ。

勘助は努めて笑みを作り、穏やかに切り出す。

「違いますよ。さっき家の前にいたら、京都から飛脚が来ましてね、旅籠のまとめ役は誰かと問われたから、これを預かってきたんです」

「京都からわたしに？」

「はい」

「誰からだ？」

「所司代様からだと言っていました」

「所司代様だって！」

目を見張った清兵衛は、すぐさま封を切った。そして読むなり、あんぐり口を開けた顔で勘助を見てきた。

勘助は内容を知っているだけに、笑いが出そうになるのを耐えながら訊く。

「何が書かれているのです？」

「所司代様が、お忍びで湯治に来られるそうだ」

真っ赤な嘘だが、京都所司代が父に宛てた書状をいつも見せてもらっていた真十郎は花押（かおう）を覚えており、真似て書いたものだ。

代官の書しか見たことがない清兵衛は、花押を疑いもしていない。

「それは大ごとではないですか」

勘助が大袈裟に驚いて見せると、清兵衛はいても立ってもいられない様子になり、立ち上がった。

「お前すまないけど、すぐうちに来てもらうよう旅籠の連中に伝えてくれ」

「わかりました」

勘助は慌てた演技をして外へ走り出た。

旅籠の連中が勢ぞろいしたのは、半刻（約一時間）後だ。

所司代が村に来たことが一度もないだけに、曾良屋の大広間に集まったあるじや女将たちは大騒ぎだ。

清兵衛が、破らないよう気を付けて見てくれと言って書状を回した。前もって手の者を遣わし、もっとも優れた宿に決めるのでそのつもりで、との趣旨が書かれているのを見たあるじたちから、次々と不安の声があがった。

「皆さん落ち着いて」

清兵衛が声をかけ、静かになったところで指名した。

「岩戸屋の女将さんどうぞ」

清兵衛に応じて、勘助の母親が口を開く。

「書状には、ご家来がいつ来るとも書かれていませんが、まとめ役はご存じ？」

「いえ。わたしも知りません」

「それは大変。一日も気が抜けませんね」

「そういうことになりますね」

すると、別の旅籠の、恰幅（かっぷく）がいいあるじが口を開いた。

「これはあれだな……」

言っておいて口を閉ざすので、清兵衛が急（せ）かす。

「あれとはなんです？」

　あるじは、腕組みをして首をかしげながら応じる。

「思うに、将軍家へ献上する湯に相応しいかそうでないかを、所司代様が確かめられるおつもりじゃないだろうか」

　清兵衛は、手元に置いていた書状をかざした。

「よく見てください。所司代様は、湯治をされると書かれています」

　すると恰幅がいいあるじは笑った。

「馬鹿正直に信じてはだめですよ。きっとそうに決まっています。まあ、うちは選ばれる自信があるが、所司代様にお泊まりいただいて万が一粗相があれば面倒なことになりそうだから、今日からわざと接客の質を落として、ご家来に候補から外していただこう」

　本気で言うあるじに賛同する者が何人かおり、座敷はふたたび騒がしくなった。

　清兵衛が手をたたいて声をかける。

「とにもかくにもそういうことですから、どうするかは皆さんのお気持ち次第です。伝えましたからね」

　役目を終えたとばかりに締めくくった清兵衛に対し、旅籠のあるじや女将は頭を下げた。せっかくだからお茶を飲んで話をしようという女将たちの声に対し、下座にいた若いあるじが、ご家来が来るのは今日かもしれないと言うと、みんな慌てて帰った。

七

偽の書状によって旅籠はどこも大忙しになり、所司代来訪が山蛭一味の耳に入るのに時は要さなかった。

代官所に戻った貴治から話を聞いた頭目は、思案顔を庭に向けた。

貴治が言う。

「おかげ金を課しているのが所司代にばれれば命がありません。すぐにずらかりましょう」

「そう慌てるな。所司代から届いたという書状は、本物なのか」

「あ」

「あ、ではない」

「でも確かに、花押がありました」

「わしは所司代の花押を見たことがないが、お前はあるのか」

「いえ……。ですが、旅籠の連中が嘘を言っているようには……」

「敵を騙すにはまず味方からと言うではないか。誰かがわしらを追い出すために仕組んでいるとしたら、とんだ間抜けになるぞ」

「本物だったら、まずいのでは」

「そこを確かめる。代官なら本物かどうかわかるはずだ」

「すぐに、書状を持ってきます」

「急げ」

貴治は言われたとおり、四半刻（約三十分）も待たせなかった。

渡された書状に目を通した頭目は、鶴市が連れて来た満島に告げる。

「お前は、京都所司代の花押を知っているな」

「はい」

「所司代の書状があるなら出せ」

「ここにはありません」

「どうしてない」

「この代官所に赴任してからは、いただいておりませぬから」

「見れば本物かどうかわかるのか」

「覚えていますからわかります」

頭目は鶴市に顎で指図し、満島に告げる。

「では、暇つぶしにこれから賭けをする」

頭目は満島の前に文言を隠した書状を置き、花押だけを見せた。

「京都所司代の花押が本物かどうか当ててみろ」

満島は、困惑した顔を頭目に向ける。

「何を賭けるのですか」

「外れたら、お前の妾を殺す」

「そんな……」

「自信があるのだろう。当たれば、今後一切女を泣かせないというのはどうだ」

代官の妾が引き出され、鶴市が背後に立った。

従うしかない満島は、花押をまじまじと見つめて目を閉じ、記憶にあるものと照らし合わせた。

「本物です」

頭目は目を大きく見開き、満島の胸ぐらをつかんだ。

「それでいいのだな。外れれば女の命はないぞ」

「間違いなく本物です」

満島の目を見た頭目は、荒々しく突き離した。

「二人とも連れて行け」

妾は安堵し、満島を見た。

満島は微笑み、手下に従って部屋から出ていった。

頭目は座り、貴治に言う。

「もうこの村にはおれぬ。今日中に出るぞ」

「すぐに支度をします」

すると鶴市が障子を閉めて歩み寄り、小声で言う。

「頭目、集めた金はまだ千両には程遠いですから、約束の分け前が減れば手下から文句が出ますよ」

立っていた貴治が座りなおした。

「確かに鶴市が言うとおりです。どうしますか」

頭目は舌打ちをした。

「銭で動く連中ばかりだからな。かといって、所司代の家来が今日にでも来るかもしれないとあっては、長居は禁物だ。欲をかいていると命取りになる」

考える頭目に、鶴市が上目遣いに切り出す。

「手下どもを納得させる手がひとつありますよ」

「なんだ」

鶴市は、懐から出した人相書きを見せた。

「この顔に瓜二つ(うりふた)の真十郎を殺して、千両いただきましょう。久しぶりに吉原(よしわら)で遊ぼうと言えば、みんな喜んで従うはずです」

貴治が口を挟む。

「首をどこへ持って行けばいいのかすらわからないのだぞ」

「ところがわかるのですよ。道場主の野郎の持ち物を漁(あさ)っていたら、これが出てきたので取っておいたんです」

鶴市が見せたのは、漆塗りの印籠だ。蓋を開けて出した紙を前に置く。

貴治が引き取って頭目に渡すと、頭目は目を通してほくそ笑んだ。

紙には、千両を約束する文言と、本田家筆頭家老松下春敬の名前が書かれていたのだ。

「抜け目のない奴だったようだな」

目を通した貴治が、納得した。

「約束を反故にされないよう取っていたようですね」

「こうなったら、一か八かだ。瓜二つの真十郎でうまく家老を騙せれば、千両が手に入る。おかげ金は今すぐ取りやめだ。急いで旅籠に伝えろ。そのあとは……」

頭目は二人を近寄らせて、これからするべきことを吹き込んだ。

「承知しました」

応じた貴治は鶴市を連れて部屋から出ると、手下どもを集めて指図した。

八

日が西の山の稜線にかかる頃、真十郎は箒で裏庭の掃除をしていた。

廊下に来た琴恵に気付いて見ていると、明るい顔で声をかけてきた。

「勘助さんが来ました。何かいいことがあったみたいで、会いたいそうです」

集めていた落ち葉が風で飛ばないようごみ箱に入れた真十郎は、足を拭いて上がり、琴恵と店に行った。

板の間の上がり框に腰かけて千五郎と話をしていた勘助が立ち上がり、笑顔で言う。

「やったぞ、旅籠と客から金を取るのがなしになった。みんな大喜びだ」

千五郎が口を挟む。

「真十郎、いったいどんな手を使ったんだ。勘助は訊いても教えんのだ」

「わたしは何もしていません。京都から所司代様がいらっしゃると聞いておかげ金をなしにするのは、御公儀の役人にやましいところがあるからではないですか」

納得がいかないようで、千五郎は探るような目をしている。

勘助が割って入った。

「とにかく、所司代様のおかげでわたしたちが決起しなくてすんだから助かりました。今日来たのは、早まったことをしないよう止めてくれた真十郎さんに、礼を言いたかったからです」

「ほんとかなぁ」

まだ疑っている千五郎に、勘助が笑って言う。

「真十郎さんをちょっと借りていいですか」

「どこへ連れて行く」

「止めてくれたお礼に、うちに招待したいのですよ」

「そいつはいい。真十郎、岩戸屋の料理は絶品だから、行ってきなさい」

「そんな。たいしたことはしていませんから」

「遠慮をするな。勘助、真十郎がこの宿場を気に入るように、旨い物をたっぷり食べさせてやってくれ」

「おまかせを。さ、行きましょう」

腕を引かれて、真十郎は仕方なく応じた。

通りを歩きながら、勘助が祝い酒だと言うものだから、真十郎は小声で告げた。

「一味が出ていくまでは、大人しくしていたほうがいいですよ」

「そこはわかっているよ。今日は二人だけで、ささやかな祝いだ」

笑って背中をたたいた勘助に、真十郎も笑みを浮かべて応じる。その時、商家のあいだの路地から貴治が現れた。

勘助が驚き、真十郎の腕を引いて別の路地へ逃げようとしたのだが、その路地からも手下たちが出てきて、取り囲んだ。

鶴市が勘助に言う。

「お前に用はない。行け」

「何を言うか。お前たちの……」

「いいから」

真十郎は勘助を止めた。山蛭の一味だと知っていると言えば、何をされるかわからないからだ。

真十郎は貴治に顔を向ける。

「わたしに何か用ですか」

「お代官が、お前に訊きたいことがあるそうだ。大人しく従え」

「承知しました」

快諾する真十郎に、勘助が目を見開く。

「お前さん、何言ってるんだ」

「何も悪いことはしていないのですから、すぐ帰れます」

「しかし……」

「大丈夫ですから、先に戻って待っていてください」

不安そうな勘助を落ち着かせた真十郎は、貴治に従い代官所に向かった。

歩きながら、貴治が振り向いて問う。

「お前、生まれはどこだ」

「物心付いた頃から、旅の行商をしている親に連れられて諸国を渡り歩いていましたから、知りません」

「月光堂の娘婿になるそうだな」

「それは旦那様がおっしゃっているだけです」

「ならないのか」

「出家をするつもりですから」

「いい話を蹴ってまで、どうして出家する」

「実はまだ迷っているのですが、生業（なりわい）のせいで、親が命を落としてしまったからでしょうか」

「旅の行商は、楽ではないか」

真十郎は、そういうことにしておいた。

貴治は前を向き、それからは誰もしゃべらず代官所に到着した。

連れて行かれたのは、井戸端だ。

西日が当たる井戸端には、石を組んだ幅広の洗い場があり、水を入れた桶（おけ）が置かれている。

その洗い場の前に押された真十郎は、振り向いた。すると、手下どもが殺気に満ちた顔をしている。

真十郎は貴治に問う。

「お代官様は、どちらにいらっしゃるのですか」

「用があるのは代官じゃなく、我々だ。その首をいただく」

「首？」

驚く真十郎に、貴治は表情を一変させた。

「お前が千両の首に瓜二つだからだ」

「どういうことか、教えてもらおう」

「そう怖い顔をするな。恨むなら、その顔に生んだ親を恨め」

そこへ、大刀を手にした頭目が現れ、顎で指図する。

応じた手下二人が真十郎の両腕をつかみ、洗い場の前でひざまずかせようとした。だが、真十郎を押さえ込むことはできない。

「大人しく従わねぇか！」

怒鳴った手下が力ずくで押さえようとするのを振り払った真十郎は、一人の腹に拳を突き入れ、もう一人は手刀で首を打った。

一瞬で二人を倒した真十郎に、貴治は目を見張った。

頭目が貴治に命じる。

「何をぼうっと見ている。押さえよ！」

「お前たち、捕まえろ！」

貴治に言われた手下たちが、真十郎に襲いかかった。

一番に近づいた手下は、真十郎に柄杓の水をかけられて怯んだところへ腹を殴られ、苦しみにかがんだ後ろ頭に柄杓を打ち下ろされて昏倒した。

ただの柄杓を使って気絶させた真十郎の手並みに、貴治が目を見張っている。

鶴市が背後から飛びかかり、羽交い締めにせんとしたのだが、真十郎は腕をつかんで背負い投げにした。

頭から井戸に落ちそうになった鶴市を見た手下が、慌てて足に飛びかかり、仲間に手を貸してくれと叫ぶ。

二人が応じて井戸に走った。

その騒ぎの中、別の手下が真十郎の背後から迫り、頭を狙って棒を振り下ろした。見もせずかわした真十郎は、空振りした手下の首を手刀で打って昏倒させ、横手から棒を打ち下ろしてきた別の手下の手首を受け止め、その者が帯に差していた刀の柄に手を掛けた。

「わたしに刀を抜かせるな」

目を見張った手下が、棒を落として両手で刀を守るのを蹴り離した真十郎は、足で棒を踏んで手につかむ。そして、刀を抜こうとした手下の肩に打ち下ろした。

鈍い音と共に悲鳴をあげた手下が、激痛にのた打ち回る。

それを見た貴治が、真十郎を恐れた。

「て、てめえ、まさか本物か」

「なんのことだ」

とぼける真十郎が睨むと、丸腰の貴治は頭目のそばまで下がった。

真十郎は頭目に厳しい目を向け、棒を八双(はっそう)に構えて迫る。

応じて刀を抜いた頭目は、貴治を押しのけて前に出る。そして、間合いに入るなり気合をかけ、大上段から打ち下ろした。

太刀筋は鋭い。だが真十郎は、見切って右にかわし、頭目の頭を棒で打つ。

うっ、と呻いた頭目は、空振りした勢いのまま顔面から倒れ、起き上がろうとして気絶した。

貴治は、井戸から引っ張り上げられていた鶴市と三人の手下の後ろに回り、殺せと怒鳴った。だが、刃物を持っていない鶴市と手下たちは、頭目を一撃で倒し、剣客の顔つきになっている真十郎が一歩踏み出しただけで腰を抜かしてしまい、その場に平伏した。

貴治は、肩を押さえて苦しんでいる手下の刀を抜き、真十郎に切っ先を向けた。気合をかけて迫ると、真十郎の頭めがけて振り下ろす。

真十郎は一撃をかわし、貴治の右肩を打つ。

刀を落として呻く貴治は、激痛に耐えかねて横たわり、顔を真っ赤にして苦しんだ。

真十郎は、まだ平伏している鶴市に歩み寄った。すると三人の手下は悲鳴をあげて下がり、両手を合わせて許しを請う。

棒を捨てた真十郎は、平伏している鶴市に言う。

「お前たちが捕らえている者のところへ案内しろ」

「はい、ただいま」

鶴市は恐れた顔で立ち上がり、真十郎に従った。

無事に子供も助けた真十郎は、代官所の家来たちによって白洲（しらす）に集められた山蛭一味の前に立った満島から、改めて礼を言われた。

「まことに、かたじけない。このご恩は必ず返します」

「どうかお気になさらず。山蛭一味を捕らえた手柄は、お代官様のものにしてください」

「そういうわけにはまいりませぬ。貴殿がこの村に立ち寄ってくださらなければ、この先どうなっていたか」

「ただの旅の者ですから、わたしのことはお忘れください」

このやり取りを聞いていた頭目が、白洲で声を張り上げた。

「代官！　そいつは御公儀のお尋ね者だ。おれたちはまんまと騙されたのだ」

満島は怒気を浮かべて前を向いた。

「黙れ！　悪党の言うことなど信じるか」

「ほんとうです」縛られている鶴市が声をあげた。「証が懐に入っていますから見てください」

近くにいた家来が鶴市の懐から紙を出すと、真十郎にそっくりの人相書きと、松下春敬の覚え書きだった。

受け取った満島は、黙って真十郎に渡した。

己の首に千両の褒美がかけられていると知った真十郎は動揺したものの、顔には出さずに言う。

「とんだ人違いです」

　紙を置いた真十郎に、満島が顔を寄せて小声で言う。

「亡くなられたお父上には大恩があるのです。貴殿がまことに沖信殿ならば、力になならせてください」

「ほんとうに人違いです。この先も間違われるのは困りますから、人相書きをどこで手に入れたか聞いていていただけませんか」

　満島はしつこく問わず、表情を引き締めてうなずくと前を向いた。

「鶴市、この人相書きをどこで手に入れた」

「それは……」

　鶴市が貴治を見ると、恐ろしい形相で睨まれた。

　人殺しを白状したも同然だとようやく気付いた鶴市は、下を向いて閉口した。

　満島は刀を抜いて白洲に下り、鶴市の首に当てた。

「言えば、そのほうだけは命を助けてやる。それとも、皆と共に首を刎ねられたいか」

　鶴市は目を閉じて白状した。

「持っていた道場主を、貴治が殺して奪いました」

「鶴市！　てめえ！」

怒鳴った貴治を満島の家来が木刀で打ち、気絶させた。

頭目は観念しているらしく、黙って目をつむっている。

刺客の顔を見たいと思った真十郎は、鶴市に問う。

「骸はどこにある」

「貴治に命じられて、谷に捨てました」

真十郎は、案内をさせるよう満島に頼んだ。

応じた満島は、家来たちに松明を用意させた。

鶴市が案内したのは、宿場からそう離れていない場所だ。

満島が眉間に皺を寄せて、深い谷だという。

それでも真十郎は、鶴市に案内させて急な斜面を下りた。足場が広い場所まで下りたところで、鶴市が松明を持った家来に、暗い谷を指差して言う。

「ここから落としました。下の大木の根元に引っかかるのを見ましたから、あるはずです」

松明をかざした家来が、上にいる満島に言う。

「確かに大木はありますが、根元には何も見えません」

鶴市が焦った。

「そんなはずはないです」

「自分の目で見てみろ」

松明を渡された鶴市が下を照らした。

真十郎も見たが、骸はどこにも見当たらない。

「生きていたのではないか」

「息を確かめましたから、それはないです」

そう答えた鶴市が、気味悪がった。

骸はなくとも、本田家が刺客を向けているのはゆるぎない事実。

そう思う真十郎は、苦渋の表情で谷を見つめた。

九

夜遅くだが、真十郎が戻ったので安心して眠っていた琴恵は、家が騒がしいのに目をさまして起き上がった。

「おとっつぁんとおっかさんは、朝から喧嘩でもしているのかしら」

あくびまじりに言い、真十郎の朝餉を作るために身支度をして台所に行こうとすると、父が嘉八の背中を押して裏木戸へ行くのが見えた。

「今なら追い付けるかもしれないから、早く行きなさい」

千五郎の声が聞こえた琴恵は、いたたまれない様子で二人を見ている母に歩み寄った。

「おっかさん、何かあったの？」

蓮江は心配そうな顔を向けてきた。

「真十郎さんが、これを置いて出ていってしまったんだよ」

お世話になりました

この一言だけの手紙に、琴恵は絶句した。同時に、もう会えないのかと思うと胸が締め付けられるように苦しくなり、置き手紙を握り締めて下駄を履くのももどろっこしく外へ出た。

「お嬢様！」

先に出ていた嘉八が呼ぶのも耳に入らない琴恵は、宿場から出る唯一の坂道を走って上がり、峠道に出たところで息切れした。

膝に両手を当てて大きな息をしながら、峠道の上と下を見ても真十郎はいない。

峠をのぼっていた時に助けられたので、琴恵は迷わず上に走る。すると、薪を背負った吉左衛門がくだってきたので、琴恵は走り寄って声をかけた。

「吉左衛門さん、真十郎さんを見ませんでしたか」

吉左衛門は不思議そうな顔をした。

「見なかったが、そんなに慌ててどうした」

「これを置いて、いなくなったんです」

置手紙を見せると、吉左衛門は納得したような面持ちで言う。

「うちの婆さんが言っていたとおりだ。あいつは、この村に収まるような器じゃない」

そっけなく言って去る吉左衛門に振り向いた琴恵は、足の力が抜けてへたり込み、両手で顔を覆った。

その頃、麓の村を歩いていた旅装束の侍二人が、庄屋らしき家の前に差しかかった。

家の外に集まっていた村人たちが、戸板に載せていた骸を棺桶に入れるところだったのだが、その顔が道場の主宰だと気付いて足を止めた。

背の高いほうが声をかける。

「おい。その者はどこで死んでいた」

すると、若い男が振り向いて、家の裏山を指差して告げる。

「山道を沢沿いに行った先にある、急な谷の底です。山賊はいないはずですが、仏さんには刃物の傷がありました」

「返り討ちにされたに違いない」

相方に言われた侍はうなずき、村人に銀粒を渡した。

「これで、その谷まで案内してくれ」

「こんなに」

喜んだ若い男を先に立たせた二人の侍は、近くに真十郎がいると睨んで山に入った。

第三章　山の友

一

「今日は新年の祝い酒だ。無礼講ゆえ、皆遠慮せず楽しんでくれ」

本田親貞は、芝の海辺にある下屋敷に芸者を呼んで宴を楽しみ、意気揚々だ。

飛ぶ鳥を落とす勢いで出世する親貞は、いずれは亡き信親のように権力を手中にするだろう。

江戸城下ではそのような噂が流れており、己の保身と出世欲に満ちた者たちは手土産を持って、新年のあいさつに列をなしていた。

それは武家だけではなく、むしろ、先見の明に優れた商人たちのほうが群がり、和田倉御門外の上屋敷は付け届けの山ができるほどだ。

老中になるための軍資金が十分集まったことに機嫌を良くした親貞は、親しい者を下屋敷に招き、酒宴を開いたのだ。

酒に酔った親貞は、皆に言う。

「わしが老中首座に上り詰めた暁には、そのほうらを取り立てて要職を与え、大名にしてやるぞ」

まるで将軍にでもなる勢いの言葉に対し、一人の旗本が銚子を持って近づき、酌をして平伏した。

「それがしは、亡き御尊父様に引き立てていただいたおかげで今がございます。若様にはより一層忠義を尽くし、どこまでも付いてまいりますから、これからもよしなに頼みまする」

親貞は、己より十歳上の旗本を見下ろして片笑むと、膳を横にずらして膝を進め、腕をつかんで顔を上げさせた。

「実田殿、頭を上げよ。父が国許に戻られる折に、困った時はそのほうを頼れとおっしゃった。今となっては遺言ゆえ、力を貸してくれ。いずれ必ず、幕政に返り咲いてもらうぞ」

実田は涙を拭い、頭を下げる。

「もったいないお言葉。この元育めが微力ながらお支えし、若様には必ずや、この国を動かす存在になっていただきます」

親貞は手ずから酒を注ぎ、盃を取らせた。

受け取った実田が飲み干して返杯し、狡猾そうな面持ちで言う。

「話は変わりますが若様。大垣家はまた、家禄を下げられたと耳にしました。あれは、若様の仕業ですか」

「人聞きの悪いことを言うな」

否定しながらも、親貞の顔は笑っている。

「さよう、若様ではありませぬぞ」

口を挟んだのは、上座のそばに膳を許されているもう一人の旗本、佐倉源内だ。

齢三十のこの男も信親の側近だった者で、信親が老中首座の時には書院番頭を務めていたが、今は無役に落とされている。

まだそんな力はないと言わんばかりの佐倉の態度に、親貞は不快をあらわにした。

「父が毛嫌いしていた大垣家は、わしが必ず潰してやる」

すると、佐倉が不敵な笑みを浮かべる。

「そうおっしゃると思い、仕込みを終えております」

親貞は顔を向けた。

「聞かせろ」

佐倉は、親貞のそばにいる芸者を気にした。

「皆下がれ」

親貞の声に応じて、実田と佐倉以外の者たちが座を外した。

佐倉が膝を進め、小声で告げる。

策を聞いた親貞は、高笑いをして喜んだ。

「毒をな……。父から聞いていたが、悪知恵がよう働くのう」

「何よりの誉(ほ)め言葉です」

「そのほうにまかせる。すぐに動いてくれ」

「承知しました」

立ち上がった親貞は、床の間から二振りの太刀を取った。

「これは気持ちだ。受け取ってくれ」

差し出したのは、信親秘蔵の名刀。

二人は恐縮して辞退したが、親貞は許さぬ。

「お前たちには、これからも大いに働いてもらわねばならぬ。これは、父の気持ちと思うてくれ」

「はは」

「ありがたく頂戴いたします」

二人の旗本は名刀を受け取り、それからは朝まで、宴を楽しんだ。

二

勢いのある本田家にくらべ、大垣家は風前の灯火といえよう。

真十郎の弟沖政は、決して愚鈍ではないのだが、人見知りが激しく、登城しても影が薄い。始終おどおどしているように見えるため幕閣から軽んじられ、昨年の師走には、禄高を五千石から二千石にまで減らされ、屋敷を本所石原町に移されていた。

親貞は否定していたが、旗本を配下に置く若年寄の立場にものをいわせているのは確かだった。公儀の財政立てなおしを理由に、無能な旗本の禄高を減らす策を持ち出したのも親貞であり、大垣家は餌食にされたといえる。

この仕打ちに対して、今の沖政では抗う力はなく、息の根を止められぬために耐えるしかない。もっとも辛いのは、家禄が減らされれば、家来を養えぬために放出しなければならないことだ。選択を迫られた沖政は、断腸の思いで十数名の家来に暇を言い渡し、石原町の屋敷はひっそりとしていた。

そんな屋敷の勝手口から、若い侍女が出てきた。この者は、名をお杉と言い、歳は十八。出入りを許された商家の娘で、行儀見習いで奉公しているため手当てもなく、むしろ実家からの付け届けがあるのだから暇を出す対象にはならなかった。

あと半年もすれば実家に戻り、親が決めた商家に嫁入りが決まっている。

そんなお杉は曰く付きだ。というのも、大人しそうな顔に見合わぬ色好みの女で、十六の時に男遊びを覚えてからは、とっかえひっかえ遊びに遊び、手が付けられぬようになっていた。

これでは嫁に行かれなくなると焦った親が、出入りを許されていた大垣家に頼み込んで奉公させたのが半年前なのだ。

大垣家に入ったお杉は、真面目に奉公している。と言いたいところだが、今はまた、男に溺れていた。きっかけは、昨年末の引っ越しだ。大忙しの最中、使いなどで外へ出ることが増えていたお杉は、悪い虫に引っかかっていたのだ。今日もその悪い虫から誘われていたお杉は、外に出る口実をうまくつけて抜け出し、人目を盗んで舟宿に滑り込んだ。

待っていたのは、男も見とれるほど良い面立ちの、すらりと背の高い若者だ。普段は年増(としま)から人妻まで、求められれば拒まず楽しませるのを生業としている者で、女を虜(とりこ)にするのはお手の物。

そんな男に引っかかったお杉は、武家奉公で抑えられていた色情を呼び起こされ、座敷に入るなり、

「伸介(しんすけ)様、会いたかった」

甘えた声で身を寄せて、五日が一年ぶりのごとく男をほしがるのだ。

「わたしも会いたかったよ。ああ、お杉の香りだ」

などと言って、お杉に夢中な口ぶりの伸介であるが、背を向けさせて帯を解きながら悪い笑みを浮かべている。

たっぷりとお杉を満足させたところで、伸介は切り出した。

「お杉とこうして会えるのは、今日で終わりだ」

うつ伏せでぐったりしていたお杉が驚き、伸介に抱き付いた。

「いや。捨てないで」

「捨てるものか。でもね、わたしは仕事が忙しくなるから、昼間にこうして会えなくなるんだ。お杉だって、昼間にしか出られないから、難しいだろう」

「いやよ、会えないなんていや」

腕にきつく力を込めるお杉の背中をさすった伸介は、次の手に出る。

「わたしも、お杉に毎日だって会いたい。どうしたらいいと思う」

「御屋敷を出ます」

「それはだめだ。親に知られたら連れ戻されてしまう。そうだ、良いことを思い付いた。お杉は今、部屋を一人で使わせてもらっているって言っていたね」

「ええそうよ」

「夜中に、わたしが部屋に忍び込むというのはどうだい」

胸に抱き付いていたお杉が見上げた。戸惑った顔をしているので、伸介がやさしく頰に手を当てて言う。

「見張りは厳しいのかい？」

「ううん、ちっとも厳しくないわ」

「それでも、こうして抱き合っているのを見られたら大変だから、念のために、これで、家の者にぐっすり眠ってもらおう。そのあいだにこっそり忍び込めば大丈夫。ばれやしないさ」

眠り薬だと聞いて、お杉は微笑んで応じた。

「どうすればいいの」

「容易いことさ。晩飯の温かい汁物のお椀に一粒ずつ入れれば、勝手に溶ける。あとは飲んでもらうだけだ。殿様の分は特別に、よく眠れる薬だ」

色違いの薬の袋を受け取ったお杉は、紙入れに忍ばせた。

「いつ来てくださるの？」

「明日の夜はどうだい」

「嬉しい」

喜んで抱き付くお杉を横にさせた伸介は、唇を重ねた。

その翌晩、言われたとおり汁椀に薬を落としていたお杉は、家の者たちが早々と眠りについたのもさることながら、水を飲みに起きる者もおらず、しんと静まり返っている様子に胸の鼓動が高まり、やけに興奮していた。

襦袢一枚で夜着に包まり、伸介が来るのを今か今かと待っている。

ことりと物音がして、外障子が開いた。

「お杉、わたしだ」

仲介の声に起き上がったお杉は、部屋に引き入れると唇を重ねて押し倒した。

「おい、どうしたお杉」

「なんだか興奮するの」

「わかるよ。こうしてこっそり会うから気分が高まるのさ。薬は入れたのかい？」

「もう、じらさないで」

着物を脱がせるお杉と上下入れ替わった仲介は、たっぷりと喜ばせて、帰り際にまた薬を渡した。

「次は、いつ来ようか？」

「毎日でも会いたいわ」

「それじゃ、明日も飲ませておくれ。これは、殿様のだ」

特別な薬を受け取ったお杉は、仲介を裏木戸まで送って出ると、抱擁して別れた。

そんなことが続いたある日、忍び込んできた仲介に、お杉は不安をぶつけた。

「ねえ、仲介様」

「なんだい」

「あの薬、ほんとうに眠り薬なの」

「ああ、そうだよ。誰か、具合でも悪くなったのかい？」

「奥方様をはじめ、ご家来衆はお元気なのだけど、殿様だけお具合が良くないの。今日も、血を吐かれたのよ。あの特別な眠り薬のせいじゃないかと心配なの」

「恐ろしいことを言わないでおくれよ。殿様はまだお若いし、身体が子供みたいに華奢(きゃしゃ)だから量を減らしているんだ。悪い薬のわけがないだろう。きっと、病に取り憑(つ)かれたんだよ」

お杉は抱き付いた。

「それならいいの」

仲介は唇を舐(な)め、したり顔で言う。

「でも心配だね。次からは、この薬にするといい。血を吐かれたのなら胃の腑が荒れているのだろうから、それに効く薬だ」

「伸介さんは、薬に詳しいのね」

「当然さ。薬屋だもの」

真っ赤な嘘だが、陶酔しているお杉は疑いもしない。

翌日も、沖政に出される粥に薬を入れようとしたところに、家老が現れた。

「おい、何をしておる。手に持っているのはなんじゃ」

真十郎の叔父で、大垣家を守るために自害した大垣丹波守正嗣に代わって家老を務めている老臣の榊惟左衛門に見つかったお杉は、伏して釈明した。

「殿の胃の腑に効く薬でございます」

惟左衛門は眉間に皺を寄せ、お杉の手から粒を奪って見つめると、袖に入れて微笑む。

「お杉、そのほうが殿を想う気持ちはわかるが、先代から世話になっておる医者がよう診ておるゆえ案ずるな。いかに妙薬でも、薬を多く飲めば毒になるゆえ余計なことをするな」

お杉は伏したままあやまりつつも、逢引きがばれていないことに安堵している。

「粥はわしが持って行くゆえ、そなたは下がれ」

「はい」

決して顔を上げずに下がるお杉を見送った惟左衛門は、

「殿に懸想をしておるのか」

ぼそりと言って首を横に振り、膳を持って沖政の寝所に向かった。

その夜、仲介を待っていたお杉は、彼が忍び込んで来るなり手を引いて抱き付き、胸につかえていることを口にした。

「ねえ仲介様、殿の胃薬を御家老に取られてしまったの。どうしたらいいかしら」

お杉を抱いている仲介の表情が険しくなった。

「家老はなんと言っているんだい？」

「妙薬でも飲み過ぎると毒になるから余計なことをするなって、怒られちゃった」

「叱られただけですんだのかい？」

「ええ」

「だったら大丈夫さ。もう眠り薬もなしだ」

「でも、明日からどうやって忍び込むつもり？」

「草木も眠る、と言うだろう。夜中に来て、眠っているお前をこうして抱くさ」

背後から抱いた仲介は、お杉の身体に指を這（は）わせる。

目を閉じてあえぐお杉を愛撫（あいぶ）しながら、仲介は袖から細い紐を出し、唇に悪い笑みを浮かべた。

「お杉の役目は、もう終わったよ」

沖政がまた血を吐いたのは、その翌朝だ。

屋敷中が騒ぎになり、急ぎ呼ばれた医者は、沖政のために知り合いの医者を連れて来た。

真十郎の父の脈を取っていた医者は、沖政を心配してうろたえる母親の加代と惟左衛門に、禿頭の三十代の男を紹介した。

「今日は、この者に診させます」

すがるような顔を向ける加代に、禿頭の男は頭を下げた。

「善庵と申します。これより、殿様に毒を盛られておらぬか調べまする」

加代が目を見張り、かかりつけの医者を見た。

「野沢先生、どういうことですか」

「わしは当初、殿様は年末年始の心労で胃の腑を痛められたものと見ておりましたが、薬が効かず、どうも様子が違いますから、念のために調べてもらったほうがよいと思い連れて来たのです。この者は、御三家に呼ばれるほど腕が良く、毒のことにも詳しゅうございますから、調べてもらえば安心かと」

加代は応じて、善庵に頭を下げた。

「どうか、よろしくお願いします」

「では、診させていただきます」

意識がない沖政の身体を四半刻（約三十分）かけてじっくり調べた善庵は、表情を険しくして告げた。

「野沢先生が睨んだとおり、毒に侵されてらっしゃいます」

卒倒しそうになった加代を助けた惟左衛門に、善庵が問う。

「おそらく長い時をかけて効く毒を飲まされておられますが、心当たりはありませんか」

言われて思い出した惟左衛門は、左の袖を探った。昨日入れたまま忘れていたのは、お杉が粥に入れようとしていた粒だ。

受け取った善庵は匂いを嗅ぎ、惟左衛門に厳しい目を向ける。

「これをどこで？」

「行儀見習いをしておる商家の娘が持っておりました。殿の胃の腑に効く薬だと聞いておりますが」

「飲ませたのですか」

「いえ。粥に入れようとしておったので止めました。まさか、それが毒ですか」

「調べてみなければわかりませぬが、その行儀見習いに話を聞けますか」

気持ちを落ち着かせていた加代が応じた。

「今すぐに呼んできなさい」

「はは」

応じた惟左衛門が行こうとしたところへ、若い家来が血相を変えて来た。

「奥方様、御家老……」

「慌てていかがした」

「お杉が、部屋で首を吊っております」

「何！」

愕然とした惟左衛門が急いで部屋に行くと、お杉は赤い襦袢姿で、長押からぶら下がっていた。

追って来た善庵が、下ろされたお杉を見て惟左衛門に言う。

「この者は、殿様を恨んでいたのですか」

「あり得ん」

「この粒を持っていたのは確かですか」

「確かじゃ」

「では、持ち帰って詳しく調べてみます。少々日にちをいただきますが、そのあいだ、殿様にはこの薬を溶かした水を、少しずつお口に入れてください」

「意識がないのに飲まれるのか」

「難しいかもしれませぬが、何もせぬよりはよいかと」

「殿は、助かるのか」

「今の時点では、なんとも言えませぬ。とにかく、この粒が何か調べます」

「急いでくれ」

善庵を見送った惟左衛門に、若い家来が歩み寄って言う。

「殿に万が一のことがあれば、御家はどうなるのですか」

「まだ望みはある。縁起の悪い言葉を慎め」

「お許しください」

惟左衛門は、実家の者にお杉の骸を引き取りに来させろと命じて、沖政の寝所に戻った。


善庵が来たのは、翌朝だ。昨日家に戻ってから、かかりきりでお杉が持っていた粒を調べていたところ、朝方になって毒だと判明したのだ。しかも、善庵が解毒法を知らない物だという。

共に来ていた野沢が、加代に告げる。

「奥方様、殿様は薬を飲まれましたか」

加代は涙を拭って応じる。

「言われたとおり少しずつ含ませています」

すると善庵が続く。

「薬を吐き出されないのなら、今すぐに亡くなられることはないでしょう。しかし奥方様、わたしの解毒薬が効くかどうかは、はっきりと申せませぬ。このままお目ざめにならなければ、難しゅうございます」

覚悟をするよう告げられた気がした加代は、その日の夜から社に通い、沖政快復の祈願をはじめた。

三日が過ぎても、沖政は目をさます兆しが見えない。そこで加代は、意を決してある人物を訪ねた。

四谷(よつや)の道場を長男に譲り、逗子(ずし)の海辺に建てた庵(いおり)で悠々と独り暮らしをしていた四十代後半の男は、幼い真十郎に一刀流を教えていた師、真田一刀斎(さなだいっとうさい)だ。

「これはこれは、珍しいお方が来られた」

目を細めて迎えた一刀斎に対し、加代は平身低頭して事情を明かし、沖信を連れ戻してほしいと懇願した。

表情を一変させた一刀斎は、

「承知しました。あ奴が立ち寄りそうな場所を当たってみましょう」

快諾すると、加代が差し出す路銀も受け取らず、その日のうちに旅立った。

三

御家の危機をまったく知る由もない真十郎は、弟が毒を盛られたなど思いもせず、今頃は母と幸せに暮らしているものと信じて、山道を歩いている。

向かっているのは、奥の院だ。尾根伝いに歩み、岩の端に立った。足下は絶壁で、深い谷の底から川の流れる音が聞こえる。

彩光寺から奥の院までは歩いて五日だというのに、ここまで来るのに随分月日がかかった。

寿万村を去ってからは、お布施の金を貯めるために一旦山を下り、師走の町で下働きをして日銭を稼いでいたのだが、年が明けてひと月も経(た)ってようやく、山に入ることができた。

谷の向こう側に、奥の院を目指す者のための一軒宿がある。そこで夜を明かせば、いよいよ明日は到着する。

御布施は少ないが、話せばわかっていただけると信じている真十郎は、谷を渡るかずら橋を目指して山道を進んだ。

もうすぐ橋だという場所まで来た真十郎は、足を止めた。かずら橋の前にある岩に、二人の浪人が座っていたからだ。

追っ手か。

真十郎は警戒したが、かずら橋を渡らぬことには奥の院に行けない。

頭に付けていた編笠を下げて顔を隠し、臆さず足を進めた真十郎は、二人の前を通り過ぎようとしたのだが、

「若君！」

聞き覚えのある声に立ち止まって見ると、覚えのある顔に目を見張った。

意志の強そうな面構えは坂上長広(さかがみながひろ)。もう一人の細面は生駒治一(いこまはるかず)。

かつて、父の馬廻(うままわ)り役をしていた二人だ。

「お前たち……」

目に涙を浮かべた坂上と生駒が、片膝をついて首を垂れた。

　坂上が答える。

「殿がお亡くなりになり、御家が旗本に格下げされた時にお暇をいただきました」

「二人とも、今は何をしているのだ」

「江戸で日雇い仕事をしておりました」

「どうしてここにいる」

「若君を捜しておりました」

　告げた坂上が、顔を上げた。

「本田信親の死は、若君が仇を討たれたのだと信じておりましたところへ、本田家が腕の立つ者を集めていると耳にしたのです」

　生駒が代わって続ける。

「我らは、もしや若君を討つ気ではないかと疑い、真意を探るために応じたのです」

　真十郎が言う。

「わたしの首に千両の懸賞金がかけられているのは、ほんとうなのか」

　生駒が驚いた。

「どうしてそれを……。まさか、追っ手が来たのですか」

「本田家の誘いに応じた者の中に、道場のあるじがいたか」

「一人おりました。その者が来たのですか」

「直には会っておらぬが、人相書きと、本田家家老の松下春敬が出した覚書を持っていた。お前たちも持っているのか」

「我らが持っているのは、人相書きのみです」

答えた生駒に不安そうな顔を向けた坂上が言う。

「まさか松下は、我らを疑って覚書を出さなかったのだろうか」

生駒が応じる。

「いや、我らが元大垣家の家臣だと、奴らは知らぬはずだ。あの道場主は家老を疑っていたから、確約を取ったに違いない」

同感した真十郎が問う。

「首謀者は、松下という家老か」

生駒が答える。

「我らは松下にしか会うておりませぬから、なんとも言えませぬ」

坂上が生駒に厳しい顔を向けた。

「隠すべきではない」

「知っているなら話してくれ」

真十郎に応じた坂上が、真顔で告げる。

「本田の家督を継いだ長男の親貞は、早くも若年寄になりました。今や飛ぶ鳥を落とす勢いで出世の道を駆け上っておりますが、そのいっぽうでは若君を逆恨みして、お首を取ることに執念を燃やしています。この一帯に金の亡者が集まっておるやもしれませぬから、奥の院は危のうございます」

「どうして、わたしが奥の院を目指しているのを知っている」

「寿万湯の里で聞き込みをしたところ、若君の影が見えましたものでもしやと思い、ここでお待ちしておりました」

「村を出て随分経つが……」

坂上が笑顔で告げる。

「ここをお通りになると信じて、毎日待った甲斐(かい)がありました」

寿万村を出て真っ直(まっす)ぐ奥の院へ行っていれば、二人に会うことはできなかっただろうと思う真十郎は、微笑んだ。

「遠回りをしたおかげで、お前たちに会えた。これも、父上のお導きであろう」

「若君、お命を守るために、どうか、人が多い場所に身をお隠しください」

頭を下げて懇願する坂上に、生駒が続く。

「京都はいかがでしょうか。若君は刀を持っておられませぬから、我らがお供いたしまする」

禄を離れても警固を願い出る二人の忠義に、真十郎は胸が熱くなった。

「このまま奥の院に行けば、迷惑になるか」

坂上がうなずく。

「金の亡者どもが血眼で捜しておりますから、寺の者に何をするかわかりませぬ」

真十郎は目をつむって、天を仰いだ。大垣家に縁があるこの地よりも、京の寺で出家するほうが得策ではないかと思い、目を開けて前を向いた。

「わかった。お前たちの言うとおりにしよう」

坂上と生駒は表情を明るくして頭を下げた。

生駒が言う。

「途中の宿場で一泊いたしましょう」

「では案内を頼む」

「はは」

二人に前後を守られ、真十郎は山を下りはじめた。

流れが速い清流を眼下に見ながら歩き、険しい山道を抜けて一軒の茶屋に到着したのは日暮れ時だ。

そこは宿もしており、真十郎たちは奥の客間に入った。

宿で働く下男が沸かしてくれた風呂で汗を流したあとで、夕餉の膳が出された。

川魚の塩焼きや、山菜の煮物など、山の幸を食べていた真十郎は、身体の異変に気付いた。手足が痺(しび)れてきたのだ。

一服盛られたか。

しまったと思い二人を見ると、じっと真十郎の様子をうかがっていた両名は顔を見合わせ、頃合いだとうなずく。

真十郎が問う。

「何を飲ませた」

生駒が、薄笑いを浮かべて応じる。

「どうやら舌も痺れてきたようだな。剣の達人であるお前を確実に倒すための薬だ」

真十郎は、座している二人を睨んだ。

「金に目がくらんだか」

坂上が真顔で口を開く。

「それだけではない。お前の首を取れば、本田家に仕官が叶う」

「敵に仕えるのか」

「ふん。笑わせるな。我らを放り出した大垣家に恨みこそあれど、忠義などあるものか」

「恨んでいるなら、痺れ薬など使わず一思いに殺せばいいだろう」

「たった一人で信親の行列に斬り込んだお前とまともに戦うなど、危ない危ない。怪我でもすれば、仕官の口が得られなくなるではないか」

笑って言う坂上に、生駒が続く。

「我らは、この時を待っていたのだ」

そう告げた生駒がやおら立ち上がり、真十郎の胸を蹴った。

仰向けに倒れる真十郎を無様と笑った生駒が、刀を取って振り向いた。その額に、真十郎が投げた湯呑みが当たって砕け、生駒は怯んだ。

真十郎はその隙に、障子を突き破って外へ転げ出ると裏庭を逃げ、山道を走る。

だが、足が思うように動かず追い付かれてしまい、背後に殺気が迫る。

「おう！」

気合をかけた坂上が打ち下ろした一刀から逃れた真十郎は、追って一閃された刃風を眼前に感じる紙一重でかわし、坂上と対峙した。

あとから来た生駒が、額から血を流して叫ぶ。

「おれに斬らせろ！」

応じて下がる坂上と替わった生駒が、気合をかけて迫り、拝み斬りに打ち下ろす。

真十郎は右にかわしざまに、手刀で喉を打った。

息ができず片膝をついた生駒を見て、坂上が驚いた顔を真十郎に向ける。

「馬鹿な。薬が効かぬのか」

これが真十郎にとって精一杯の抵抗だった。激しい目まいに襲われ、ふらついて道から転げ落ちた。

笑った坂上が、追って斜面を滑り下りて来る。

真十郎は、月明かりが届かぬ暗闇に転げて逃れた。

「若君、逃げられませんぞ」

笑って言う坂上が、茂った笹を切りながら迫ってくる。

真十郎は下がったが、崖に行き当たり、逃げ場がなくなった。下からは、急流の音が聞こえてくる。

「若君、その先は谷ですぞ。お気をつけなされ」

告げた坂上が、真十郎の前に出てくると、月明かりに照らされた顔に嬉々とした笑みを浮かべた。

真十郎は受けて立たんと身構える。だが、ふたたび激しい目まいに襲われ、崖から足を踏み外した。急流に落ちたおかげで意識を取り戻した真十郎は、必死にもがいて水面から顔を出したものの、手足が痺れているため思うように泳げず、ふたたび流れに呑み込まれた。

崖の上から見ていた坂上が舌打ちをして、上にいる生駒に叫ぶ。

「川に落ちたが、生きてはおるまい。骸を見つけて首を取るぞ！」

返事がないのにまた舌打ちをした坂上は、斜面を這い上がった。

四

気配に意識を取り戻した真十郎が見たのは、朝靄(あさもや)の中にいる鹿だ。立派な角を持った鹿は、流れが緩やかな川の水を飲んでいる。

激流にもまれながらも、運よく岸に流された真十郎は、這い上がった茂みの中で気を失っていた。杉の木立と笹が夜露を防いでくれたおかげで凍死せずにすんだようだが、濡れた着物が体温を奪っており、歯が鳴るほどがたがた震えた。このままでは死んでしまうと思った真十郎は、鹿を驚かせぬよう斜面を這い上がろうとしたところ、鹿が何かに気付いて顔を上げ、対岸を見はじめた。

「いたぞ!」

谷に響く男の声に驚いた鹿は、飛んで岸に上がり、斜面を駆け上がってゆく。

真十郎も鹿に続いて逃げる。すると、頭上に空を切る音が走り、前方の杉の木に矢が突き刺さった。

「そっちの斜面だ。捕らえろ!」

対岸からの声がすると、笹を分けてこちらに向かって来る音がした。

真十郎は、鹿が逃げていった斜面を上がり、山の奥に走る。すると、先ほどの鹿がこちらを見ていた。

倒木の陰に隠れた真十郎が斜面を見下ろす。すると、数人の追っ手が来ているのが確認できた。

真十郎は、逃げる鹿について行き、山の尾根を走って、できるだけ遠くへ逃げた。そして見つけたのは、人がやっと通れる岩の裂け目だ。奥が深そうなのを確かめた真十郎は、熊が冬眠していないのを祈りながら進み、洞窟に隠れた。

真っ暗で暖を取る火もなく、寒さに耐えながら耳をすませる。人の声が微かにするが、岩の裂け目の奥に洞窟があるとは思わないのか、やがて遠ざかっていった。

落ち着いたところで脳裏によぎるのは、卜念の安否だった。

奥の院への途上に坂上たちが現れたのは、卜念から聞き出したのではないかと思ったからだ。

ふたたび外で人の声がした。真十郎を見失ったので戻り、一帯を捜しはじめたに違いない。

手足の痺れが取れている真十郎は、奥へ逃げた。

暗い洞窟を手探りで進んでいくと、ずっと先に光があった。用心して光を目指してみると、木の根っこのあいだに、人が抜けられる穴が開いている。這って上がり、外へ出た真十郎は、大木の根元に隠れて斜面を見下ろした。すると、坂上と生駒がおり、山狩りをする者たちに指図をしている。二人は、山賊のような輩を金で雇っていたのだ。

「見つけ次第殺せ」

生駒の声を聞き取った真十郎は、見つからぬよう身を伏せた。この首は、二人にとっては本田家への土産。二心がない証にしようとしているに違いないと思っていると、生駒の声がした。

「若君！　近くに隠れているのはわかっていますぞ。お情けで楽に死なせてあげますから、出てきなさい！」

坂上が続く。

「出てこないなら、江戸に戻って沖政を殺すぞ！」

大名から旗本に格下げされた大垣家から捨てられた二人の恨みは深いように思えるが、その原因を作った本田家のために働く我欲の塊に、真十郎は切なくなった。

このままでは、二人はほんとうに弟の命を狙いかねない。

真十郎は拳を作り、斜面を上がってきた追っ手の目の前に出た。

あっと声をあげた男の腹を拳で突き、首を手刀で打って昏倒させると、男が持っていた槍を手にした。

「この野郎！」

叫んで飛びかかる仲間をかわしざまに槍を振るい、柄で顔を打つ。

両足を浮かせ、背中から地面に落ちた男は、白目をむいて気絶している。

弓手(ゆんで)が放った矢を弾き飛ばして迫り、慌てて刀を抜こうとした弓手の腹を槍の石突きで突くと、大きく回転させ、横手から斬りかかって来た男も石突きで突き飛ばした。

「やあ!」

気合をかけて刀を振り上げた髭面(ひげづら)の男が、真十郎に槍の穂先を向けられて息を呑み、足を滑らせて斜面から転げ落ちた。

別の斜面を上がろうとしていた三人組に向かった真十郎は、槍を振るってまとめてたたき落とす。

手下どもを次々と倒して進んだ真十郎は、坂上と生駒に対峙し、槍の穂先を向けて言う。

「父を殺し、お前たちを浪々の身にした本田家のために働くのか」

坂上が歯をむき出し、

「我が一族郎党を食わせるためだ。覚悟!」

叫んで斬りかかってくる。

真十郎は、槍を振るって刀を弾き、柄で顔を打つ。

痛みに呻いた坂上が、ふたたび斬りかかった一撃をかわした真十郎は、柄で肩を打ち、腹を突いて倒した。

「やあ!」

気合をかけて斬りかかった生駒は、馬廻り衆随一の遣い手だけに、太刀筋が鋭い。

横に転がって袈裟斬りをかわした真十郎は、追ってくる生駒の足を槍で払う。

飛び上がってかわした生駒は、斜面の下側で地の利が悪い真十郎の頭上から幹竹割り(たけわ)に打ち下ろすも、真十郎が右手に滑らせた槍の石突きが胸に当たり、背中から斜面に落ちた。

追い詰めても命を取らぬ真十郎に対し、生駒が顔を歪めて言う。

「もう惨めな浪人暮らしをしたくない。殺してくれ」

真十郎は、槍を捨てて言う。

「二人には申しわけなく思うが、父を闇討ちし、御家を貶(おとし)めた本田のために、この命はくれてやれぬ」

すると二人は、真十郎の前に来て平伏した。

坂上が言う。

「わたしたちが間違っておりました。若君、どうか帰参してください。大垣家をふたたび大名にしてください」

生駒が続く。

「そのためなら、我らはどんなことでもいたしまする」

懇願する二人を見下ろした真十郎は、目を閉じた。公儀に死亡届を出している以上、できぬこと。

「お前たちには、もう二度と会うことはないだろう。達者で暮らしてくれ」

真十郎はそう告げると、足早に去った。

残された坂上と生駒は、がっくりとうな垂れて、悔し涙を流している。

振り向かぬ真十郎が麓の斜面を駆け下りていると、背後で声がした。

「待ってくれ」

野太い声に足を止めて見ると、先ほど戦った男たちだった。山賊にしか見えないその者たちの後ろから、熊の毛皮を身に纏った髭面でざんばら髪の、山賊の頭と思しき男が歩み寄って来た。真十郎の顔をまじまじと見て問う。

「話は大方聞いた。お前さん、大垣家の若君なのか」

「待ってくれ。お前さんが悪人じゃないのはわかった。お詫びに旨い飯を食わせるから、村に来い」

唐突な招きに、真十郎は応じぬ。

「また毒を盛られたらかなわぬから行かぬ」

そっけなく歩みを進める真十郎に、頭目が付いて来る。

「勘違いをしないでくれ。わしらは毒など持っておらん。あの二人とは仲間でもなんでもなく、金で雇われただけだ。悪人を捕らえる手助けだと騙されていたのだ」

「人違いだ」

「山賊の言うことなど信用せぬ」

「どうして山賊だと知っている」

「見れば誰でもわかる」

頭目は己の身なりを見て、肩を並べて来た。

「確かにおれたちは山賊だが、好きでしているわけではない。家族を養うためだ」

真十郎は呆(あき)れて立ち止まった。

付いて来ていた手下どもが真十郎を囲み、頭目の指図を待った。

真十郎は恐れることなく、頭目の目を見て告げる。

「山狩りをされて捕らえられれば、皆揃って斬首だ。家族を想うなら働け」

すると頭目は、真顔で言う。

「お前さんが二人に言った本田というのは、豊後守信親のことか」

「そうだと言ったらどうする」

「それがほんとうだったら、お前さんはわしらと同じだ」

「どういうことだ」

「この土地は、わしが仕えていた御家が代々守っていた土地だが、豊後守信親に奪われたのだ。あの二人がまさか本田の手先とは知らずに、悪党を捕らえると騙されて手を貸した。お前さんが強かったからよかったが、間違えて憎い本田を助けるところだった。すまん」

皆に頭を下げられた真十郎は、嘘を言っているようには思えず、男の名を訊いた。

岸伝兵衛（きしでんべえ）と名乗った頭目は、この地を治めていた元旗本、高木晴房（たかぎはるふさ）の用人だったという。

高木家の断絶は旅の空で耳にしていたが、詳しいことを知らぬ真十郎は、そのわけを訊いた。

「歩きながら話そう」

促す伝兵衛に応じて、真十郎は山道を進む。

伝兵衛が語ったのは、老中首座の権力を手に入れた本田信親が、大垣派だった旗本に難癖を付けて排除したことだ。

高木晴房もその中の一人で、身に覚えのない公金横領の罪を着せられて切腹を命じられ、江戸の屋敷で果てたという。

長男と次男は命ばかりは取られなかったが、本田派の旗本にお預けの身になり、辛酸を嘗(な)めているのだと涙ながらに告げられた真十郎は、気の毒に思い、辛くなった。

「本田に負けた大垣家を、恨んでいないのか」

「とんでもない」

伝兵衛は真十郎の前に出て足を止めた。

「亡き殿は腹を召される時、朋輩(ほうばい)であらせられた沖綱侯とあの世で会うのが楽しみだと言い残された。我らは大垣家を恨むどころか、沖綱侯と殿の無念を胸に、生き恥を晒(さら)しておるのだ。あの二人が若君と言ったお前さんは、剣術修行の旅に出ていた若君なのだろう。正直に教えてくれ」

　事情を話してくれた伝兵衛に答えるべく、真十郎はうなずいた。

「やはりそうか」

　伝兵衛はようやく白い歯を見せた。

「このような辺境の地で若君と出会ったのは、あの世におわす沖綱侯と我が殿のお導きに違いない。これより我らは、仇敵本田信親に命を狙われている若君の力になろう」

　この田舎に引っ込んでいるせいで、江戸のことは耳に入っていないようだ。

「わたしが命を狙われているわけまでは、坂上たちから聞いていないのか」

　伝兵衛が不思議そうな顔をした。

「信親が禍根を断とうとしているのではないのか」

「わたしは、父の仇である信親をこの手で討ち果たし、身を隠しているのだ」

「なんと！　では、誰が命を狙うておる？」

「跡を継いだ親貞だ」

　伝兵衛は神妙に応じる。

「お父上と我が殿は、草葉の陰で喜ばれたはず。それを聞いたからには、殿の無念を晴らしてくれた若君をこのまま行かせるわけにはいかん。どうあっても、我が村に来てもらうぞ。おいお前たち、先に帰って酒宴の支度をしろ」

命令に応じた三人が走り去った。

半ば強引に引っ張られた真十郎は、誘いに応じて、皆と山道を歩いた。

途中からは、獣道のほうが歩きやすいと思うほどの斜面を進み、土地に不案内の者は必ず迷いそうな場所を抜けると、目の前が急に開けた。

五

案内されたそこは村とは名ばかりで、小屋のような小さな家が十数軒あるだけだった。高木家の元家来たちが十五人ほど集まり、雨露をしのげるだけの家を建てて、家族と暮らしているのだ。

伝兵衛の家も板壁で、板張りの屋根には、風に飛ばされないよう石が載せられている。それでも建坪は一番大きく、真十郎が寝泊まりできる場所はありそうだ。

伝兵衛は表の板戸を開けて声をかける。

「貴代(たかよ)、帰ったぞ。若君、遠慮はいらんから入れ」

真十郎が応じて家に入ると、留守番をしていた妻と息子が板の間で座し、頭を下げた。

先に戻った者から話を聞いていたらしく、貴代は着替えを用意してくれていた。

濡れた着物を脱いだ真十郎は、熱い白湯（さゆ）を飲みながら、伝兵衛と話をした。

お世辞にも住みやすそうだとは思えぬ場所で暮らしているのがどうにも気になった真十郎は、折を見て問う。

「どうして、山を下りて働かないのだ」

すると伝兵衛は、笑って答える。

「決まっているだろう。ここが我らの土地だからだ」

「高木家が断絶となったあとで、領地を与えられたのか」

伝兵衛は真顔を近づけた。

「大きな声では言えぬが、この土地は、御公儀も知らぬ隠し田畑だ。新しい領主も知らぬ」

目を細め、したり顔で笑う伝兵衛に、真十郎は目をしばたたいた。確かに、道なき道を歩かされたと思い納得する。

「坂上と生駒は、この場所を知っているのか」

「知りはしない。あの二人とは、別の山で銭を持っていそうな旅人を待ち伏せしている時に出会った」

「山賊をしなければ食えないのか」

「皆が飢えない程度は米や畑の物が取れるが、銭がなければ手に入らぬものもある。それゆえ、新しい領主に嫌がらせを込めて、奴と通じておる者から奪っておるのだ」

「気持ちがわからぬでもないが……」

「いずれ、山狩りをされると言いたいのだろう。心配するな。陣屋におる者たちは腰抜けばかりだ。奴らはこんな山奥に来ぬ」

「ここに来る途中、良い木がたくさんあった。領主はいずれそれらの伐採を命じるだろうから、村の存在を知られてしまうのではないか」

「その時は戦って死ぬ覚悟だ。なんと言っても新しい領主は、本田の手下だからな」

「妻子を死なせるのか」

「それが武家というもの。息子は四歳だが、切腹の作法を教えておる」

豪快に笑った伝兵衛は、集まって来た配下たちを見て真十郎に言う。

「先のことはなるようになる。まずは飯を食おう」

板の間に上がった配下たちは、各々が持ち寄った料理の皿を並べて車座になり、酒宴がはじまった。

伝兵衛が酒の徳利を真十郎に向ける。

「村で作った酒だ。旨いぞ」

少々酸っぱいが、慣れれば旨い酒を飲みながら、真十郎は皆と語り合った。

これからどうするのか問われて考えを伝えると、伝兵衛が酒を飲む手を止めて目を丸くした。

「出家するだと?」

「多くの人を殺めたからな。もう刀は抜かぬつもりだ」

皆が静かになり、真十郎に注目している。

伝兵衛が問う。

「仇討ちの他にも人を斬ったのか」

「うむ」

伝兵衛は鷹のような目つきで見てきた。

「欲のためか」

「いや」

「では人を助けるためか」

「そうだが、今思えば、仇以外は他に手があった気がする」

「わしらは銭のために、お前さんを斬ろうとした。それにくらべれば、人を助けようとしたのだから己を悪く思うな」

真十郎が微笑むと、伝兵衛は肩を抱いて続ける。

「銭はないが、ここの暮らしは自由でいいぞ。出家などせずここで暮らせ。わしらが守ってやる。なあみんな」

「おう」

大柄の男が即座に応じ、その横に座っている髭面が真十郎の前に来ると、感極まった様子で顔をくしゃくしゃにした。

「あの二人に騙されて、殿の仇を取ってくれた若君を射殺すところだった。許してくれ」

弓手の男だと今になって気付いた真十郎は、徳利を向けた。

「今日のことは、お互い水に流そう」

「ありがたい」

鼻水を垂らして応じる男に、伝兵衛が言う。

「健太郎、もう泣くな。今日からわしらは、若君の友だ」

「友と思うてくれるなら、若君はよしてくれ」

伝兵衛が赤ら顔を向けてきた。

「ではなんと呼ぶ」

「真十郎で頼む」

「うむ。真十郎、お前は今日からわしの弟だ」

「友ではないのか」

酔って人の話を聞かぬ伝兵衛は、真十郎の肩を抱き、皆に大声で、わしの弟だと言った。

なんとなく、その気になった真十郎は、遅くまで酒を飲んでいたのだが、気付けば朝になっていた。

雑魚寝をしていたはずの皆はそこにおらず、起き上がって板の間に出た。すると、貴代が土間に来て手拭いを差し出してくれた。

「裏に山水がありますから」

「ありがとうございます。皆さんはいつの間に帰られたのですか」

「夜明けとともに」

「伝兵衛殿は」

「炭を売りに麓の村に行っています」

真十郎は、ばつが悪かった。

「働けなどと、申しわけないことを言いました」

貴代は微笑んで首を横に振る。

「今お汁を温めますから、お顔を洗ってください」

応じて裏に出た真十郎は、竹の筒から樽に流れ込んでいる山水を手ですくって顔を洗った。冷たい水が気持ちよく、一気に目がさめる。

口をゆすいで顔を拭いていると、すぐ裏手にある家から若いおなごが出てきて、こちらに歩いて来た。桶を持ったおなごは、真十郎と目が合って驚いて立ち止まり、会釈をした。去るでもなく、申しわけなさそうな顔で立っている。

水を汲みに来たのだと気付いた真十郎は、慌てて場を譲る。

「すみません、どうぞ」

また会釈をしたおなごは、竹筒から流れる水を桶に溜めはじめた。

伝兵衛の家に戻ろうとした真十郎は、健太郎が来たので会釈をした。

「昨夜はどうも」

「こちらこそ」

笑顔で応じる健太郎は、横を通り過ぎておなごのところに行き、親しげに話をはじめた。

おなごも嬉しそうに話をしているところを見ると、恋仲だろうか。

和やかな気持ちになった真十郎が戻ると、貴代が朝餉を出してくれた。

大根の漬物もさることながら、昨年の春に取って塩漬けしていたというこごみが絶品だ。

箸を置いた真十郎は、膳を持って台所に下りた。

「旨い飯を、ありがとうございました」

笑顔で受け取った貴代から、ゆっくりしてくれと言われたが、真十郎は村を見たいと告げて出かけた。

周囲を山に囲まれた村は、どのあたりに位置するのかさっぱりわからない。木は植林された物ではなく雑木だ。長年手付かずの大木に目を付けられさえしなければ伐採もないだろうから、まさに隠れ里だ。

高い場所から、小屋のような家を見ていた真十郎は、普請に通じた者が一人でもいれば、もっと暮らしがよくなるだろうと思いつつ、畑に目を向けた。日が当たっている畑は、早朝には霜柱でもできていたのだろう。土から靄が上がっている。

伝兵衛は食べる物はあると言ったが、畑の物が取れない今の時期は、漬物が頼りのはず。口を増やしてしまうことに、真十郎は気兼ねをした。

やはり、早々に立ち去ろう。

そう決めて村を歩いていると、出会う男たちや家族から声をかけられる。まるで、ずっと暮らしている者に接するかのように話をしてくる男たちと他愛（たわい）のない会話をしているうちに、なんだかこころが温かくなってくるのは、ここに暮らしている者たちの人柄がそうさせるのだろう。

貧しいながらも、家族と楽しそうに暮らしている者たちを見ていると、急に江戸が恋しくなり、剣術修行の旅を止めた母親の顔が目に浮かんだ。

あの時家を出ていなければ、狡猾な本田を警戒して父のそばから離れなければ、このような事態になっていなかったかもしれぬ。伝兵衛たちも……。

背後から肩をたたかれて振り向くと、髭面の男が白い歯を見せた。昨夜意気投合した住田斗真（すみだとうま）だ。

「何をぼうっと考えている」

真十郎は笑った。

「みんなを見ていると、妙に家が恋しくなった」

住田も目を細めて言う。

「ここの暮らしは楽しいぞ。お頭がおっしゃるように、腰を落ち着かせて根を生やしたらどうだ。お前のことはみんな大歓迎だから、家族を作れ」

「そう言ってもらえるのはありがたい限りだが、坂上と生駒のように、わたしの首を狙う者がまた現れないとも限らない」

「追っ手がこの村を見つけることはないから安心しろ。おれたちが守ってやる」

「どうして、そこまで良くしてくれる」

「水臭いことを言うな。殿の仇を取ってくれたお前は、我らの恩人であり、仲間だ」

胸が熱くなった真十郎は、誘いに乗ろうかとも思ったが、答えを急がなかった。

やはり、追っ手のことが心配だからだ。

そこへ、弓を手にした健太郎が来た。

「斗真、晩飯を獲(と)りに行こう」

「おう」

応じた住田が、真十郎に言う。

「猪汁を食わせてやるから待っていろ」

「狩に行くなら、連れて行ってくれ」

「江戸育ちのお前に狩ができるのか」

「旅で山は慣れているつもりだ」

住田が白い歯を見せて応じ、他の者を二人誘って五人で山に入った。

獲物を求めて歩いている時、健太郎が真十郎に教えた。

「この山は豊かだぞ。春は山菜、夏は鹿、秋は茸(きのこ)がたくさん取れ、冬はなんと言っても猪だ。焼いてよし、煮てよし。雉(きじ)も旨いぞ」

「楽しみだ」

「やってみるか」

弓を使うかと言われて、真十郎は応じて受け取った。

半刻探しても猪は見つからず、さらに山を進んだ。このあたりは山が険しいため、どこにいるのか真十郎にはつかめていなかったのだが、皆と共に大きな岩場に立った時、正面の遠く離れた山の中腹に寺が見えた。

真十郎は指差して問う。

「あの寺は、なんと言う名だ」

手を額に当てて見た住田が応える。

「彩光寺だな」

ようやく居場所が分った真十郎は、ふたたび卜念のことが気になった。江戸から来た道場主が卜念を脅して居場所を聞き出したのではないかと思うと余計に心配になり、戻ったら伝兵衛に告げて、一度寺に行こうと思いつつ、猪を探して山中に戻った。

先頭を歩いていた仲間が無言で止まれと合図してしゃがんだ。

弓を持っている真十郎が前に行くと、仲間が指差す樫(かし)の大木の下に猪がいた。

盛り上がった背が人の腰までの高さはあろう大物が、夢中で土を掘り返している。

「奴がみみずを探している今が狙い時だ」

背後にいる健太郎に言われて、真十郎は矢を番(つが)えて引き、狙いを定めて射た。

久しぶりの弓だったせいで狙いが大きく外れた。猪が気付かぬほどだったため、皆が声を殺して笑っている。

笑いながら言った健太郎が矢を番えて放つ。矢は見事に猪の急所に命中し、一矢で仕留めた。

「次があるさ」

健太郎がそう言って肩をたたき、それにしても下手だなと笑った。

苦笑いをした真十郎は、皆と一緒に獲物のところに向かい、改めて大きさに目を見張る。

「でかいな」

健太郎が満足そうに応じる。

「これよりまだ大きいのがいるが、こいつは脂がのっていて旨いぞ」

仲間が猪を吊るす木の枝を調達しに行こうとした時、真十郎はいち早く、周囲の異変に気付いた。

「待て」

そう声をかけるのと同時に茂みが揺れ動いた。枯草や笹で景色に溶け込んでいた伏兵が一斉に現れ、逃げる間もなく囲まれてしまった。

健太郎が弓を番えようとしたが、

「動くな！」

大音声と共に、こちらに狙いを定めた弓隊が姿を現す。

住田が健太郎に抗うなと言い、己が持っていた弓を捨てて告げる。

「わしらは狩をしていただけです」

刀を帯びていないのを幸いに、領民に成りすますつもりが、伏兵を率いている組頭には通じなかった。

組頭は真っ直ぐ住田の前に進み、問答無用とばかりに竹鞭で頭を打つ。

よろけた住田を助けようとした仲間が、兵たちに取り押さえられた。健太郎が助けようとするも、住田が止める。ここで矢を放たれれば、皆の命がないからだ。

抗わぬ真十郎も両腕の自由を奪われ、膝の後ろを蹴られて地面に押さえつけられた。

組頭が住田に言う。

「貴様らは、旅人を襲う山賊であろう」

「ご冗談を、わしらは、猪を獲っていただけの善良な民です」

「ほう。どこの村の者だ」

「御領主様の陣屋がある村の者です。取れたばかりの大物を献上しますから、どうか、ご勘弁ください」

組頭は満面の笑みを浮かべた。

「あれをくれるか」

「はい」

「よしよし。と言うとでも思うたか。この山賊どもめが。根城に案内しろ」

住田が眉尻を下げた。

「ね、根城だなんて物騒な。わしらはほんとうに、村の者です」

「そう言い張るなら仕方ない。陣屋で地獄を見せてやる」

組頭の命令に応じた兵たちによって真十郎も縄を打たれ、皆と共に山を下ろされた。

六

かつて高木家が治めていた小さな村は、旅人が立ち寄る立地でもなくひっそりとしている。

高木家の陣屋をそのまま使っているのだと、真十郎の横を歩いている住田が小声で教えた。

その陣屋の門前を通り過ぎて連行されたのは、住田も知らぬ建物だという。

高い板塀に囲まれた中は、新たに領主となった見國智康(みくにともやす)が建てた牢獄(ろうごく)だった。

住田は、罪のない者を牢に入れるのかと訴えたが、組頭は問答無用で五人とも同じ牢に押し込んだ。そして、格子の前に立って言う。

「罪人かどうかは、殿が判断される。飯は食わせてやるから大人しくしていろ」

「あるじは江戸であろう。どうやって詮議するというのだ」

真十郎が問うと、組頭はほくそ笑んだ。

「我が殿は、山賊どもを捕らえるために陣屋で指揮を執っておられる。もうすぐ来られるから、楽しみに待っておれ」

組頭が去ると、健太郎が不安の声をあげた。

「見國が国入りしていたのを知っていれば、用心したのにな」

住田が恐れた様子で応じる。

「我らに気付かれぬよう、お忍びで入ったに違いない」

「見國と面識があるお頭は炭を売って歩いているぞ。見つからないだろうか」

「お頭は用心深い。捕まったりしないから安心しろ。それより、正面の牢にいる者をどこかで見たことがある」

　住田はそう言うと、格子に近づいて声をかけた。

「おい、お前は何をして捕まったのだ」

　すると三十代の男が格子に近づき、番人を気にして答えた。

「悪いことは何もしていない。突然来た役人に、年貢米の量をごまかしただろうと言われて捕まったんだ。わけがわからないよ」

　住田は下がり、真十郎に小声で言う。

「あの男は、殿の下で村役人をしていた。おそらく、一揆を警戒して捕らえたに違いない」

「見國は、悪政を敷いているのか」

「酷(ひど)いもんだ。年貢の率を上げ、逆らう者は容赦なく捕らえて罰している。そうやって、殿を慕っていた領民に恐怖を植え付けて支配しようとしているのだ」

　そう話している時にも牢内が騒がしくなり、村人の身なりをした男が投獄された。

　顔を見ていた住田が言う。

「あの者も、村役人をしていた」

牢に入れられたその男は、役人に酷く痛めつけられたらしく、額から血を流して怯えた様子で、牢屋の隅でうずくまった。

真十郎はどうすることもできず、皆と大人しくしていた。

牢獄に来た見國の前に引き出されたのは、夕方になってからだ。

住田たちと共に、夕日に照らされた白洲に敷かれた筵の上で正座させられた真十郎は、座敷に座っている狡猾そうな顔をした見國を一瞥し、目が合わぬようにうつむいた。

見國が厳しく言う。

「そのほうらが、山で悪さをしておる者どもか」

住田が応じる。

「お殿様、わしらは山賊ではありません。山で猪を獲っていただけです」

「その山は、草一本とて領主であるわしの物だ。勝手に猪を獲るのも、山賊と同じことよ」

「そんな……」

「言いがかりではない。道理じゃ。よってそのほうらは、山賊として打ち首じゃ」

このままでは皆の命が危ないと思った真十郎は、顔を上げた。

「そのような裁きをされては、いずれ大きな一揆が起きますぞ」

見國は怒るでもなく、真十郎を見据えた。目が合うとすぐ、何かに気付いたような表情をして立ち上がり、濡れ縁まで出てきた。

「そのほう……」

探る眼差しを受け止めた真十郎は続ける。

「悪政は、必ず身を滅ぼすことになろう」

見國は答えずじっと真十郎を見つめ、廊下に控えている側近に手を差し出した。応じた側近が近づき、懐から人相書きを取り出して広げた。

真十郎と見くらべた見國が、悪い笑みを浮かべる。

「これは思わぬ大魚を釣り上げたわ。のう、大垣沖信。老中首座の跡取り息子たる者が山賊に身を落としておったとは、うふ、うははは、これは笑える。片腹痛い」

「わたしの首がほしければくれてやる。そのかわり、この四人は助けてくれ。山賊などではない」

見國は笑みを消して身を乗り出した。

「ほう、山賊ではないか。ではどこの村の者だ。すぐに家来を走らせ、確かめよう」

　住田が口を開く。

「我らは山賊だ。首を刎ねよ。だが沖信殿の首を取るのは、武士としてどうかと思うぞ」

　睨む見國に、住田が続ける。

「父の仇を討った沖信殿は、武士の鑑だ。千両ほしさに首を取るような真似をすれば、末代までの恥となろうぞ」

　見國は鼻で笑って相手にせず、真十郎に言う。

「さすがは沖綱殿の血を引くだけあり、つまらぬ者どもの人心を集めておるようじゃ」

　やおら立ち上がって白洲に下りた見國は、住田の背後に立ち、首の後ろに閉じた扇を当てた。

「わしに偉そうな物言いをしたこ奴に免じて、即刻首を刎ねるのはやめといたそう。死ぬまで牢に入れておけ」

　応じた家来たちが集まり、住田たちを連れて行った。

　一人残された真十郎の前に来た見國が、首に扇を突き付ける。

「お前のことは、親貞様におうかがいを立てよう。首となって江戸に戻るか、あるいは、生きたまま江戸に連れ戻されて八つ裂きにされるか、沙汰を楽しみにしておれ」

「評判のよくない親貞のご機嫌を取るとは、さもしい野郎だ」

「黙れ！」

初めて感情をむき出した見國に、真十郎は扇で額を打たれた。

薄笑いさえ浮かべて顔を見上げる真十郎に対し、見國は憎々しげに告げる。

「お望みとあらば、沙汰を待たずに死なせてやろう。ただし、楽に死ねると思うな。わしを怒らせたことを後悔させてやる。誰か！」

声に応じて来た二人の家来に、見國が命じる。

「例の牢に入れろ」

「はは」

腕をつかまれた真十郎が連れて行かれたのは、横にもなれず、しゃがむことさえできない狭き牢だった。

立ったまま閉じ込められた真十郎には、食事はおろか、水さえも与えられない。

一睡も許されず朝を迎えた真十郎は、僅かな日の明かりしか届かぬ牢の中で立ったまま、苦痛に耐えた。足に何かが触れたと思い見ると、大きな鼠がいる。嚙まれた痛みに足で払いのけようにも、鼠は慣れているのか、また近づいてくる。

見廻りに来た牢番がそれを見て、

「前に閉じ込められた男は、足の骨が出るまで肉を食われていたぞ。しまいには血筋を嚙み切られて死んじまった」

そう告げると、にたりと笑って去った。

真十郎は、また嚙んできた鼠に顔をしかめて踏み潰そうとしたが、逃げていった。たびたび現れる鼠と戦いながら、水も飲めぬまま二日が過ぎ、三日目には意識が朦朧としていた。

そんな真十郎の前に現れた見國が、座ることもできずぐったりしている姿を見てほくそ笑み、牢番に顎で指図する。

応じた牢番が、真十郎の総髪をつかんで顔を上げさせた。

見國は、水を汲んだ柄杓を目の前に差し出す。

「わしを愚弄したことをあやまれば、水を飲ませてやるぞ」

「もうしわ……」

見國は近づいた。

「聞こえぬ。大きな声で言え」

「もうしわけ、ございませぬ」

見國は笑って真十郎を見ると、目の前で柄杓の水を飲み干し、嬉々とした顔で言う。

「お前のような弱い奴に討たれるとは、信親様も間抜けよの。だが、親貞様は違うぞ。あのお方を敵に回したら、生きてはおれぬ。お前の弟も、無事ではすむまい」

睨む真十郎に、見國は嘲笑を浮かべる。

「大垣家は、必ず潰される。先にあの世に行って、弟を待つがいい」

真十郎は目をかっと見開き、格子のあいだからつかみかかろうとしたが、見國は引いて笑った。

「危ない危ない。まだそのような力が残っているなら、もう少し遊んでやろう」

声に合わせて、家来が火鉢を持って来た。

見國が真十郎に顔を向ける。

「寒さに震えておったろうから、温めてやる」

そう言うと、火鉢から鉄の棒を抜き、炭火で赤々と焼けた先を真十郎の胸に向けて近づく。

着物に当たって煙が上がった時、にわかに外が騒がしくなり、家来が駆け込んで告げる。

「殿、山賊の襲撃です！」

「ふん、やっと来たか。報告するまでもなかろう。手筈どおり迎え撃て」

「はは」

家来が行こうとしたところへ、別の家来が血相を変えて駆け込んできた。

「殿！　徴集していた兵どもが山賊に寝返り、門を破られました」

これには見國が愕然として、鉄の棒を捨てて出ていく。

目をつむって安堵の息を吐いた真十郎は、外の騒ぎを聞いていたのだが、意識が朦朧としはじめ、格子にもたれかかってうな垂れた。

程なくして、足音がした。

「真十郎、生きているか」

声に顔を上げると、健太郎だった。

「出られたのか」

「おう。お頭が助けに来てくれたぞ。今出してやる」

手に入れた鍵で牢を開けてくれた健太郎は、ふらりと出た真十郎を支えてくれた。

「歩けるか」

「大丈夫、喉が渇いているだけだ」

「これを飲め」

竹筒を渡されて、真十郎は水をがぶ飲みした。

「生き返った気持ちだ」

そう言って竹筒を渡すと、健太郎が外に連れ出しながら言う。

「村から集められていた男たちが、我らの味方に付いた。お頭が亡き殿の用人だと知ったからだ」

真十郎は、倒されている牢番たちを横目に走って牢屋から出た。門の外へ行くと、数十名の兵を従えた伝兵衛が待っていた。

防具を付けて戦支度を整えている伝兵衛が、真十郎に歩み寄って言う。

「遅くなってすまん。どこにおるか知るのに手間取った」

「いえ。それより見國は？」

「奴は、村の者たちが我らに付いたのを恐れて裏から逃げた。これより皆で陣屋を攻めるが、真十郎はどうする」

「奴を斬れば、後ろ盾になっている本田が黙ってはいない。ここに兵を向ける恐れがあるが」

「殺しはしない。わしにいい考えがある」

「ではまいろう」

「よし」

伝兵衛は刀を差し出したが、真十郎は受け取らず、健太郎が持っていた槍を借りた。

伝兵衛が皆に向く。

「これより陣屋を攻める！」

「おう！」

村の男たちは鬨（とき）の声をあげた。

その頃陣屋では、見國が癇癪を起こして家来を怒鳴っている。

「たったのこれだけか！」

陣屋を守るのは、見國の直臣（じきしん）が十人のみ。地元の者たちは皆、見國を見捨てて逃げるか、伝兵衛の元へ走っていた。

陣屋の屋根に上がって見張っていた二人の家来が叫ぶ。

「敵が来ます！」

「総勢は二百を超えています」

「話にならぬ」

見國は顔を真っ青にしてうろたえた。

「逃げるぞ。馬だ、馬を出せ！」

「馬も奪われています」

「くそ！」

ふたたび癇癪を起こした見國が走って逃げようとした時、見張りの家来が弓矢で肩を射抜かれて屋根から落ちた。土塀に梯子(はしご)が掛けられ、伝兵衛の仲間たちが入ってくる。

戦はおろか、真剣で斬り合ったことさえない見國とその家来たちは、刀を抜いたものの腰が引けており、戦支度をして勇ましい者たちに囲まれて戦意を失った。

家来に前後左右を守られている見國は、表門から入ってきた真十郎に対し、怒りをぶつけた。

「このようなことをして、ただですむと思うな。裏切った村の者どももよう聞け。若年寄の本田様が大軍を向けられれば、お前らは皆殺しだぞ。妻子も命はない。今なら間に合う。そこにおる罪人を捕らえよ！」

真十郎を指差して怒鳴る見國だったが、悪政に対する憤懣に満ちている村の者たちは動かない。それどころか、槍の穂先を向けてじりじりと詰めてくる。

見國は恐怖に顔を引きつらせ、家来たちを引き寄せて守らせた。

伝兵衛が村の者たちを止め、見國に言う。

「村の者たちは、お前の仕打ちに腹を立てておるのだ。この状況で、どうやって江戸に知らせる」

「黙れ！」

「黙らぬ！」

伝兵衛の大音声に、見國はびくりとした。

伝兵衛が刀を鞘に納めて告げる。

「改心して悪政を改め、民を苦しめぬとこの場で誓うなら、我らは引く。誓えぬなら、即刻首を刎ねる。山賊に首を取られたと御公儀が知れば見國家はどうなるか、よう考えよ」

見國は伝兵衛を睨んだ。

「おのれ、山賊の分際で偉そうに」

「交渉決裂か」

伝兵衛が腕を上げると、兵たちが槍を構えなおし、弓組が狙いを定める。

見國は恐れおののいた。

「待て、待ってくれ。わかった。わかったから兵を下げてくれ」

兵を止めた伝兵衛が、住田を促す。

応じた住田が武器を捨てろと命じると、見國は家来に従えと言い、地べたにひざまずいて伝兵衛を見た。

「言うとおりにする」

血判を取った伝兵衛は、村の者たちを束ねていた者に渡し、見國に告げる。

「我らはいつでもお前を見ている。約束を違(たが)えれば、次はないと胸に刻め」

「二度と、民を苦しめませぬ」

山賊に屈するあるじに対し、家来の中には不服そうな顔をしている者がいる。

その者は、伝兵衛が村の者たちに向いた隙を逃さず立ち、脇差(わきざし)を抜いて襲いかかった。

　真十郎はその男の動きを見逃さずに槍を振るい、柄で胸を打つ。

　飛ばされた家来は背中から落ちて、もだえ苦しんだ。

　真十郎が本田の仇敵と知る見國は、目が合うと息を呑み、平伏した。

「命ばかりは、お助けを」

「命が惜しければ、二度とわたしに顔を見せるな。今すぐここを立ち去れ」

　真十郎がそう告げると、健太郎と仲間たちが見國たちの着物を剝ぎ取り、門から蹴り出した。

「二度と戻ってくるな」

　村の男たちが恨みをぶつけて矢を放つと、見國たちはふんどし姿で走って逃げた。

　大喜びした村の男たちが、伝兵衛を囲んで言う。

「御用人様、どうかこの陣屋にとどまって、わしらを導いてください」

「残念だが、それをやると御公儀が反乱とみなして、大軍を向けてくる。見國はあの様子では、二度と皆を苦しめないはずだから、安心して暮らしてくれ」

　陣笠（じんがさ）を取った村の男が言う。

「どこにも行かないで、わしらを守ってください」

「心配するな。見國がお前たちに仕返しをすれば、必ず助けに来る」

そう告げて離れた伝兵衛に、真十郎が問う。

「このまま隠れ里に暮らすのは、危なくないか」

「見國が攻めてくれれば、必ず討ち果たす。お前も我らが守るから、どこにも行くな」

「いや。わたしは災いの元になろう。このまま行く」

「せめて、飯を食べて行け」

「気になることがあるのだ」

世話になったと言って頭を下げる真十郎に、伝兵衛が歩み寄って肩をつかむ。

「それはなんだ。刺客か、それとも出家のことか」

真十郎は顔を上げて微笑み、

「もしも本田の手の者に行き先を問われたら、九州へ向かったと言ってくれ」

そう告げて背を向けた。

「止めはせぬが、必ずまた会おうぞ」

「出家したら、お経をあげに来てくれ」

「待っているぞ！」

伝兵衛と仲間たちの声を背中に聞きながら、真十郎は走り去った。

第四章　伊賀の老翁

一

寒さが和らいだこの日は、鳥のさえずりが弾んでいる。

梅花の香りがする彩光寺の境内を急いでいる真十郎は、掃き掃除をしている小坊主を横目に、卜念が寝起きしている平屋に入った。

今は朝餉の支度時。

土間の奥にある厨房に行くと、いつものように、弟子たちの茶粥を自らこしらえている卜念の後ろ姿があった。

安堵した真十郎は、声をかける。

「和尚様」

振り向いた卜念が、意外そうな顔をした。

「おお、おぬしか。仏門に入るのをやめたのか？　それとも、わしの茶粥が恋しくなったかの？」

目を細めて迎える卜念に、真十郎は歩み寄って頭を下げた。

「奥の院への道はあきらめました」

卜念が右の眉だけを上げて、不思議そうな顔をした。

「何かあったのか」

「本田信親の跡を継いだ息子が、わたしの首に千両の懸賞金をかけました」

「なんじゃと。まさか、襲われたのか」

「はい。父に仕えていた者に危うく首を取られそうになりましたもので、わたしの居場所を知るために、和尚様に何かしたのではないかと心配して来たのです」

卜念は渋い顔を横に振る。

「いや、そのような者は来ておらぬ」

「それを聞いて安心しました。大垣家が和尚様の御縁をいただいているのを知る者が、金目当てにわたしを追って現れるかもしれませぬ。その折は、九州に旅立ったと告げてください」

卜念は表情を引き締めた。

「ゆくのか。九州へ」

「北へ行き、できるだけ江戸から離れます」

真十郎の意図を知った卜念は笑い、すぐに真顔になって問う。

「そなたとわしの繋がりを知る者は、家族以外で誰がおる」

「まだ江戸の屋敷で暮らしていた頃に、剣の師、真田一刀斎様に話したことがあります」

「そのお方がここへ来た時はどうする」

「ご迷惑はかけられませぬから、来ておらぬとお伝えください」

「真田殿か。わしは顔も知らぬが……」

真十郎は己の眉間を指で示した。

「ここに、小豆(あずき)ほどの大きさのほくろがございます」

「うむ。わかった。真田殿はよいとして、問題は金の亡者どもじゃ。欲のためにどこまでも追って来よう。そのような者がここへ来れば九州へおると伝えるが、やはり、お前はどこにも行くな。わしが隠してやる」

「相手は本田家です。密偵も動いているでしょうから、ご迷惑をかけられませぬ」

頭を下げ、すぐ発とうとした真十郎を卜念が止める。

「せっかくじゃ。味見をしてくれ」

木椀に茶粥をたっぷりとよそって差し出す卜念の温かみに触れて、真十郎の尖っていた気持ちが和らいだ。

板の間に上がった時、水しか飲んでいない腹の虫が鳴った。

「いただきます」

茶の風味と塩加減が絶妙で、真十郎は四日ぶりの食事に感謝しながら空腹を満たし、合掌した。

卜念が応じて合掌し、真顔で告げる。

「首を狙う者がおるなら、備前光平を持ってゆけ」

「刀はいりませぬ」

「どうやって身を守る」

「襲いくれば、相手の得物を奪います」

「北のどこへ行く」

「気の向くままに」

真十郎は平伏した。

「これが、今生のお別れとなりましょう。これまでお世話になりました。和尚様はどうか、長生きをしてください」

立ち去ろうとした真十郎の腕をつかんで止めた卜念が、土間を背にして前を塞いだ。

「身を隠したいなら、良い場所がある。伊賀の山奥にある樹恩寺(じゅおんじ)に行け」

「伊賀……、ですか」

「うむ。人里から遠く離れた寺におれば、江戸から来る者たちに見つかりはしない。まだ出家を考えておるなら、わしが一筆書くがどうじゃ」

伊賀を訪ねたことがない真十郎だが、幼い頃より忍び者の隠れ里だと想像していただけに、追っ手を心配することなく、安寧に暮らせるのではないかと期待した。

「では、お言葉に甘えます」

満足そうにうなずいた卜念は、さっそく文をしたため、道を教えて送り出してくれた。

「寺の和尚は少々変わり者じゃが、必ず受け入れてくれる。安心してゆくがよいぞ」

文を渡す卜念の表情が気になったものの、真十郎は深々と頭を下げ、人目を気にして足早に離れた。

伊賀までの旅路は険しかったが、追っ手に襲われることも、厄介ごとに巻き込まれることもなく旅ができ、四日後の昼には寺がある村に到着することができた。

剣術修行の旅をしていた真十郎にとってこの村は、どこにでもある山間のものとは違うように見えた。田畑の中に家は一軒もなく、村を囲んでいる山の中に、人目を避けるように点在しているのだ。

土を掘り起こされている田圃のあいだに真っ直ぐ通された道を歩き、正面の山の中腹に見える寺を目指しながら周囲に目を配っていると、田圃の向こうの山の中にある農家の前に一人の男が立ち、こちらを見ているのに気付いた。

まるで、村に足を踏み入れた己を監視されているような気分になった真十郎は、軽く会釈をして前を向き、左手の山に顔を向ける。こちらは山まで田畑が広がって距離があるのだが、その山の中にある何軒かの農家の前にも人が出ているのが、遠目にもわかった。

前を向いて歩いていると、右手の山の麓に、二人の男児が走って下りてきて、こちらを見ている。

村に足を踏み入れる者にこれだけ関心があるのなら、追っ手が足を踏み入れても耳に入りやすいのではないか。

そう考えた真十郎は、歩きながらぐるりと周囲を見回し、寺の山門に続く石段を上がった。

真っ直ぐではなく、急な斜面を五度ほど折り返して作られている石段を上がり切ると、藁屋根の山門に到着した。

寺号額を見上げ、門扉が開けられたままの境内へ入ると、山の斜面に広がる梅と椿の花に目を奪われた。

また急な石段を上がると、田圃のほとりの道から見えていた本堂があった。

黒瓦屋根の立派な建物の正面に立つと、金色の本尊が拝まれる。賽銭箱に小銭を落とした真十郎は、参詣客のために置かれている太い線香を供えて合掌した。

折よく通りかかった若い僧に声をかける。

「もし」

「はいはい」

笑顔で軽い受け答えをする若い僧は色白で、高貴な雰囲気のする面立ち。弟子入りして日が浅いのか、どこか落ち着きがない。

これが、真十郎の見立てだ。

なんでしょう、と歩み寄る若者に、真十郎は頭を下げた。

「わたしは、月島真十郎と申します。彩光寺の卜念和尚のご紹介でまいりました。ご住職の瑞玄（ずいげん）様にお目にかかりたいのですが」

「卜念殿からの。そうですか」

笑顔でまじまじと見られて、真十郎は間が持てずに口を開く。

「瑞玄様にお伝え願えますか」

「申し遅れました。瑞玄はわたしです」

「あ！」

弟子と決めてかかっていた真十郎は思わず声が出てしまい、慌てて頭を下げた。

「ご無礼をいたしました」

「いいのです。慣れていますから」

目を細める瑞玄は、手を差し出す。

「卜念殿から預かった物があれば拝見します」

いつものことなのだろうと思った真十郎は、文を渡した。

その場で目を通した瑞玄が、真十郎の顔を見ずに問う。

「そなた様は、文の内容をご存じなのですか」

「いえ」

「そうですか」

瑞玄は文を畳んで法衣（ほうえ）の懐に入れ、真十郎に顔を上げて告げる。

「出家については、今すぐ認めるわけにはまいりません。しばらく逗留（とうりゅう）してください。そのあいだに、拙僧が見極めますから」

瑞玄は目尻を下げて物腰が和らかいものの、芯の強さを感じた真十郎は頭を下げた。

「よろしくお頼み申します」

「では、宿坊に案内します」

背筋を伸ばして姿勢よく歩く瑞玄の後ろ姿は線が細く、禿頭の形は絵に描いたように良い。

武門に生まれ育ち、修羅場を歩んできた真十郎は、山奥で観音菩薩（かんのんぼさつ）に出会った気分になり、こころを洗われるような錯覚に、思わず表情がゆるんだ。

瑞玄が案内してくれた宿坊は、卜念も逗留したことがあるという八畳間で、山を借景とした庭が美しい。

「このように良い部屋をよろしいのですか」

恐縮する真十郎に、瑞玄は微笑む。

「まだ客人ですから」

認めるまでは弟子扱いをしないと言われた気がして、真十郎は身が引き締まる気分になって応じた。

「精進させていただきます」

「今日はゆっくりしてください。明日の朝から、しっかり働いてもらいます」

「承知しました」

「夕餉の支度が調いましたらお声をかけますから、湯に浸かって、旅の疲れを取ってください。湯殿は、この廊下を奥に行ったところにあります。この宿坊は真十郎殿しかおられませぬから、ご自由にお使いください」

半刻（約一時間）で湯が沸くと告げて戻る瑞玄を見送った真十郎は、宿坊を見て回ることにした。

八畳間が他にも三部屋あり、襖を取れば大広間になろう。畳は真新しい匂いがする。

風呂場を見に行くと、外で薪を置く音がした。沸かしてくれる者に礼を言おうと板戸を開けると、年老いた下男が無表情で会釈をしてきた。

「お世話になります」

真十郎の言葉に驚いたような顔をした下男は、無言でかぶりを振り、煙たそうな顔をして火の中に薪を追加すると、どこかに行ってしまった。

部屋に戻った真十郎は廊下で座禅を組み、目をつむる。

小鳥のさえずりが、集中するにつれて耳に入らなくなる。思いを巡らせて己を見つめなおし、仏門に入る決意は本物なのか、改めて己に問う。

これまでこの手で殺めた者の顔が目に浮かぶ。憎い相手も、この世を去れば仏だ。迷いはあろうはずもなかった。

無念の死を遂げた父や家来たちの顔も目に浮かぶ。成仏を念じ、声に出さず般若心経を唱えた。

先ほどの下男から、風呂が沸いたと声をかけられたのは、きっちり半刻後だ。

瞑想(めいそう)から戻った真十郎は、礼を言って名を問うたのだが、下男は答えることなく去ってゆく。

秘境と言える地で生まれ育ったであろう下男はきっと、よそ者を警戒しているのだろう。

　真十郎は立ち上がり、湯殿に向かった。

　着物を解いて中に入れば、薬湯のいい匂いがする。湯船を見れば、茶色い袋が漬けてあった。

　汗を流して湯船に浸かってみれば、薬湯の効能なのか、気分が落ち着き、いつまでも入っていたい気分になる。身体の芯まで温まり、旅の疲れが取れていく。

「いい湯だ」

　思わず年寄りじみた言葉が出て、真十郎は一人笑った。ふと、寿万湯を思い出し、世話になった者たちや、琴恵の笑顔を目に浮かべる。

　今頃みんな、何をしているだろう。

　二度と会うことはないが、忘れはしない。

　風呂を使いついでに汚れ物を洗った真十郎は、下男が置いてくれていた浴衣に袖を通し、帯を締めて廊下に出た。手拭いで汗を拭きながら部屋に戻り、洗ったふんどしを衣桁(いこう)に干していると、下男が声をかけて障子を開けた。

「明日から、これをお使いください」

　渡されたのは、袖がしぼってある麻の半纏(はんてん)と裁着袴(たつつけばかま)だ。丈夫そうな濃紺の生地は真新しく、羽織れば温かい。

「動きやすい着物ですね」

「明日の朝から、わしと働いてもらいます」

「承知しました。真十郎です。よしなに頼みます。年下のわたしに、遠慮なさらないでください」

頭を下げる真十郎に、下男は笑顔で応じる。

「では、和尚様に認められるまではそうしよう。わしは佐助だ。夕餉は厨房で食べるように。ついて来い」

言われたままに厨房へ行くと、佐助が食膳を指差す。

「お前さんのだ。和尚様の飯は旨いぞ」

一緒に食べるのかと思っていると、佐助はもういただいたと言い、自分の部屋に戻ると告げて行こうとしたが、思い出したように言う。

「和尚様はもうお休みだから、食べたらお前も寝ろ。夜明け前にここに来て湯を沸かすのが、明日からお前の仕事だ」

不愛想な佐助は、あくびをして去った。

下働きからはじめろと言われた気がした真十郎は、一人で膳についた。

和尚が作った豆腐のあんかけは、椎茸とねぎがたっぷり入っており、濃いめの味が真十郎の好みだった。

「旨い」

今すぐ和尚に礼が言いたいほどの味に目を細めた真十郎は、出家が認められれば作り方を習わねばと思いながら、味わって食べた。

食器を洗い、火の元を確かめて部屋に戻ると、布団を敷いて横になった。

二

これからのことを考える間もなく深い眠りについた真十郎は、夜明け前に目をさまし、身支度をして厨房に向かう。

佐助に言われたとおり大鍋に湯を沸かしているうちに夜が明け、沸騰した頃に佐助が起きてきた。

「ここはもうよいから、本堂の拭き掃除をしろ」

人使いは荒いようだが、真十郎は従って本堂へ向かう。文句ひとつ言わずに下働きをする姿を瑞玄は遠くから見守っているのだが、真十郎はまったく気付かなかった。

三日目の朝、いつものように一人で遅い朝餉をすませた真十郎は、山門の掃除を命じられていたので、箒とちり取りを手に境内を歩いて向かった。すると、山門の手前にある石灯籠(いしどうろう)の土台に腰かけて休んでいる老翁と、付き添っている若い女がいた。

そばに水桶が置いてあるのを見た真十郎は、墓参に来た者たちだろうと思い会釈をして通り過ぎようとした。

じっとこちらを見ていた老翁が、

「小弥太(こやた)！」

声をかけるなり立ち上がって真十郎に歩み寄るので足を止めると、げんこつで頭をぽかりとやられた。

「この放蕩(ほうとう)息子めが！」

怒鳴られて面食らっていると、慌てた女が真十郎に頭を下げた。

「ごめんなさい」

すると老翁は、不機嫌な顔を女に向ける。

「あやまるのは胡蝶(こちょう)ではない！　この親不孝者だ！」

憤怒(ふんぬ)の声をあげた老翁は、真十郎に向かって右手を上げ、また殴ろうとする。

胡蝶が背後からしがみつき、老翁を真十郎から離した。

「いけません」

「放蕩息子を殴って何が悪いか！」

老翁は怒鳴り、しがみ付く胡蝶を引きずって真十郎に向かってきたのだが、急に白目をむいた。

必死に支える胡蝶を助けて老翁を横にさせた真十郎は、様子を見て告げる。

「気を失っている」

「すみません。時々こうなるのです」

胡蝶はこころから詫び、眉尻を下げている。

「興奮して頭に血がのぼったのだろう」

真十郎は気の毒に思い、老翁の顔を見た。

「他人と息子の区別がつかないのですか」

「同じお年頃の人を見ると、五年前に戻ってしまわれるのです。同じように怒りをぶつけられて気を失われるのですが、目がさめると正気に戻られます。ほんとうに、ご迷惑をおかけしました」

真十郎は首を横に振った。

「迷惑ではない。雨が降りそうだから、本堂に運ぼう」

老翁を抱き上げた真十郎の力強さに、胡蝶が驚いた顔をしている。細身のどこにそんな力があるのかと言いたそうな胡蝶に微笑で応じた真十郎は、老翁を宿坊に運んだ。

外にいた瑞玄が気付いて歩み寄る。

「や、太平治(たへいじ)さんではないですか。どうされました」

胡蝶が応じる。

「このお方を若旦那と間違われたのです」

事情を知っている瑞玄は、ああ、と言い、真十郎を見てきた。

「わたしの部屋に運びます」

真十郎が告げて行こうとすると、瑞玄が袖を引く。

「わたしの部屋に、そのほうが近い」

「はい」

本堂の横にある平屋に連れて入った真十郎は、瑞玄が案内した部屋で横にさせた。

佐助が水を入れた桶を持って来ると、受け取った胡蝶が手拭いをしぼって太平治の額に当て、真十郎に頭を下げる。

「ほんとうに、ごめんなさい」

「もうあやまらないでください」

逆に恐縮する真十郎に、瑞玄が真顔を向ける。

「真十郎殿」

「はい」

「太平治殿の話は聞きましたか」

「息子さんと同じ年頃の者を見ると、五年前に戻られるというのは……」

瑞玄はうなずく。

「太平治殿は村の庄屋なのですが、跡を継ぐはずの息子が出ていってしまった悲しみのせいで、気を病んでしまったのです」

「そうでしたか。娘さんは大変ですね」

真十郎が胡蝶の顔を見て言うと、胡蝶は驚いて手を横に振る。

「わたしは奉公人です」

「そうでしたか。他にお子さんはいないのですか」

「はい。小弥太様は一人息子だというのに、山深いここでの暮らしを嫌われて、江戸で大商人になるのを夢見て出ていってしまわれたのです。出る出さないで大喧嘩をされた旦那様は、朝起きたら小弥太様がいなくなっていたので気落ちされてしまって。心優しかった奥様が生きていらしたら、まだ救いがあったのでしょうけど……」

そこまで言って、下を向いて黙り込む胡蝶に代わって、瑞玄が言う。

「不幸が重なったのがいけなかったのです」

真十郎は、太平治の顔を見た。父親に会いたくても会えぬ者がいるいっぽうで、親を捨てる者がいる。親子のことに口出しをするべきではないが、他人を息子と思い込んでしまう太平治の親心に、真十郎は胸が痛んだ。

その心情を見抜くような眼差しを向けていた瑞玄と目が合い、真十郎は問う面持ちをした。

瑞玄が応じる。

「真十郎殿に、わたしから仕事を与えましょう」

「なんなりと」

「しばらくのあいだ、小弥太になって庄屋で暮らしなさい」

突拍子もない話に、真十郎は面食らった。

瑞玄は大まじめだ。

「これは人助けです」

「しかしわたしは……」

「この村は大丈夫です」

卜念が文に真十郎の身の上を書いているだけに、瑞玄は強い口調になったのだろう。

「出家のためと思いなさい」

意志の強い眼差しを向けてそう言われては断れぬ。

「承知しました」

瑞玄は満足そうにうなずき、目を丸くしている胡蝶に言う。

「太平治殿が正気に戻るまで、この者を遣わします」

「よろしいのですか、ほんとうに」

「いいのです」

胡蝶の様子を見ると、なんだかいやな予感しかしない真十郎であるが、ここは従うしかない。

いつ目をさますかわからぬというので、真十郎が連れて庄屋に戻ることになった。佐助の手を借りて太平治を背負い、胡蝶と山門を出た。石段を下り、別の山道をのぼって到着した庄屋は、武家屋敷ほどではないものの、田畑が見渡せる場所に構えられた立派な建物だった。

広い家にいるのは年老いた下男とその娘の胡蝶だけで、ひっそりとしている。胡蝶の父親の名は田七（たしち）といい、今年五十五になったのだと帰り道で聞いていた真十郎は、出迎えた痩せた男がそうだと思い会釈をした。

頬かむりを取って会釈を返す田七が、胡蝶に言う。

「またか」

「そうなのよ。この人は真十郎さんです。瑞玄和尚が、しばらく小弥太様になりすますようにって、お遣わしになったお方なの」

「ははあ、ま、どうぞ中へ」

重かったでしょうと言って案内する田七に付いて母屋に入った真十郎は、裏手にある太平治の八畳間に行き、胡蝶が敷いた布団に下ろした。

瑞玄から遣わされたせいか、田七は真十郎に対して警戒心を持たず、むしろ親しく接してくれ、胡蝶に茶をお出ししろと言う。

応じた胡蝶が下がると、田七はさっそく述べる。

「娘は今年二十歳になりましたが、真十郎様は、お一人身ですか」

「瑞玄和尚の下で、出家をするつもりです」

田七は驚いた。

「出家！」

「どうされました」

「いや、てっきり、ここの養子になられると思ったもので」

「息子さんがおられるのですから、それはないでしょう」

「生きているかもわからない息子を待っている時はないのですよ。旦那様は、きっともうあきらめてらっしゃいます。そうですか、出家をされますか」

「まだ決まったわけではありませんが……」

「和尚様にもやっと伴侶ができるか」

田七がぼそりと被せた言葉に、真十郎は疑念を抱いた。

「今、なんと申された」

「真十郎様は、和尚様と夫婦になるために来たのでしょう？」

真十郎は耳を疑った。

「どういうことですか？」

するると田七が不思議そうな顔をした。

「え、ご存じないのですか？」

「何をです？」

「和尚様は、年頃のおなごですぞ」

「ええ！」

思いもしない答えに真十郎は愕然としたものの、卜念が文を渡す時に見せた含んだ笑みが脳裏に浮かび、同時に、文を読み終えた瑞玄が戸惑った様子にも見えたことを思い出した。

田七は、驚きを隠せぬ真十郎の顔色をうかがう目つきで続ける。

「三年前にご先代夫婦が急な病で相次いでお亡くなりになったあと、奇特にも出家されて、お一人で寺を守ってこられたのです」

「そうだったのですか。どおりで」

線が細くおなごに見えたはずだと思っていると、田七が言う。

「声も低くして男のようにふるまっていらっしゃるが、出家される前は、それはもう美しい娘さんでした。いや、今が違うという意味ではないですぞ。そうですか。夫婦になるんじゃないのですか」

夫婦になれば瑞玄が還俗（げんぞく）して、寺の跡継ぎが絶える心配がなくなると思ったと言った田七は、背中を丸めて長いため息をついた。

なんと答えるべきか。

真十郎は良い言葉が浮かばず、黙ってやり過ごした。

三

翌朝まで目をさまさなかった太平治は、胡蝶が食事の支度をすませた頃になってかっと目を見開き、半身を起こすと、そばで見守っていた真十郎に顔を向けてきた。

「よう寝た。今何時（なんどき）だ」

「もう朝です」

太平治は目を見開いた。

「わしは朝まで寝たのか」

「はい」

「わはは。どうりで腹がすいた」

胡蝶が言うとおり元に戻っているのかと思いきや、

「小弥太、お前は朝餉を食べたのか」

と、こうだ。

真十郎は胸のうちで驚愕したものの、顔には出さず微笑む。

「まだです」

「そうか。では共に食べよう。おっかさんは、今朝は何を作ってくれたかの」

本気か芝居なのか、真十郎には見抜けぬ。

太平治はよう寝たと言って背伸びをすると、着替えもせずに廊下に出て振り向き、

「小弥太、何をぼうっとしとる。行くぞ」

真十郎を急かして、はつらつと台所へ向かった。

胡蝶と田七は、太平治が顔を出しても驚く様子はなく、今すぐできますと言い、笑顔で接している。

真十郎が田七と目を合わせると、

「若様も、お座りになっていてください」

「今朝は好物の出汁(だし)巻き卵もありますよ」

などと、親子で芝居をする。

「まいったな」

ぼそりとこぼした真十郎は、上座に座している太平治の下手に行き、置かれていた膳の前に正座した。

小弥太が好物だと言う出汁巻き卵は薄味で、瑞玄和尚の味付けとは違うが、真十郎の好みだった。

「旨い」

胡蝶は驚いた顔をして、太平治を見た。その途端に、上座から大声がする。

「食事の時にしゃべるなと、何度言わせる！」

村の農家の者たちだろう名を口に出した太平治は、汗水流して働いてくれる者たちに感謝して、味わって食べろ！　とこうだ。

真十郎は、幼い頃に父親から言われたのを思い出し、箸を置いて頭を下げた。

「あまりに旨かったもので、つい声が出てしまいました。お許しください」

「わかればよい。食べなさい」

「はは」

箸を取る真十郎を見ていた太平治が、満足そうな顔で食事に戻る。

食事を終えると、太平治から書を教えてやると言われた。

完全に子ども扱いをされる真十郎に、胡蝶が陰から手を合わせ、申しわけなさそうな顔で頭を下げる。

真十郎は微笑んで首を横に振って見せ、太平治に続いて廊下を歩み、八畳の座敷に入った。書院の丸窓からは裏庭を望め、しだれ梅が良い色合いの赤い花を咲かせている。

「ここへ座れ」

太平治に応じて文机の前に正座すると、漢字の見本と白い紙が置かれ、真似て書くよう告げられた。

その見本は、十歳の頃に習った字が書かれている。

真十郎が笑って太平治を見ると、大真面目な顔で見返された。

「難しいかもしれぬが、お前は一度書けば忘れぬから大丈夫じゃ。良い字で書くのじゃぞ」

実際に見ている物と頭の理解が別物なのだろうと思った真十郎は、十歳の小弥太を演じて書の稽古をした。

太平治は厳しく、字が曲がっておるなどと言って何度も書きなおさせた。書が終わればそろばん。そろばんの次は薬草の種類を覚えさせられ、昼餉(ひるげ)以外は休む暇もない。

夕方にようやく解放された真十郎は、江戸の屋敷での暮らしを思い出し、首を垂れて長いため息をついた。

「お疲れさまでした」

声に顔を向けると、胡蝶が茶菓を載せた折敷(おしき)を置き、申しわけなさそうに言う。

「ほんとうに、旦那様が正気に戻られるまでお付き合いくださるのですか」

真十郎は微笑む。

「これも修行のうちですから」

湯呑みを口に運ぶ真十郎に、胡蝶が告げる。

「旦那様は、昨日とは別人のように生き生きしてらっしゃいます」

「息子の躾(しつけ)は厳しくされていたようだ」

「庄屋の跡継ぎですから」

見つめる胡蝶の目つきが何かを望んでいるように思えた真十郎は、瑞玄が出家を認めなければ、このまま庄屋に留め置かれる気がしてきた。

このような山奥に追っ手が来るとは思えないが、仏門に入る意志を固めている真十郎にとって、今の状況はまずい。

太平治が正気に戻っても瑞玄が認めなければ、村を去ろう。そう決めてしまうと気分が楽になり、太平治の相手も苦にならなかった。

四

太平治が真十郎を息子と信じて疑わない日がさらに二日続いた。

今日も朝から太平治の指導で書を学んでいた真十郎の耳に、胡蝶が何かを拒む声が聞こえてきた。

真十郎のことを耳にした丸男(まるお)という村の男が、

「どれ、お人好(ひとよ)しの顔を拝んでやろう」

と言い、村の者たちを連れて庄屋に出向いてきたのだ。

胡蝶を押しのけて強引に上がってきた長身の男が、真十郎が座している文机の前に遠慮なく来ると、見本を指差し、馬鹿にして笑った。

「がきの手習いをさせられておるのか」

真十郎より先に太平治が口を開く。

「おお、丸男か。倅が跡を継いだ時は、補佐を頼むぞ」

庄屋然とした口調に対し、丸男はかしこまって応じる。

「もう村のことは万事滞りなくやってございますから、安心して隠居してくださされ」

「見てみろ、小弥太は随分字がうまくなったぞ」

「まともに話したおれが間違いだった」

丸男は皆と馬鹿にして笑い、真十郎に言う。

「お前さんも気の毒な人だ。和尚は寺に誰も置く気はないというのに、こんなことをさせられて」

せいぜい気張れと言って裏から帰る丸男を追って出た胡蝶が、戸口から塩をまいた。

「もっとだ」

言った田七が、盗っ人め、と憎々しく言うのを耳にした真十郎は、太平治から解放されたあと、いつものように茶菓を持って来てくれた胡蝶に訊いてみた。

「村の連中に田七さんがぶつけた言葉の意味は、なんなのですか」

「ああ、盗っ人ね」

「はい」

「言葉のとおりよ。盗っ人だもの」

聞けば、丸男は太平治がこうなってしまったのをこれ幸いに村を牛耳り、太平治の家に入る米も横取りして、飢えない程度の量を渡していた。

米だけでなく、太平治が主な収入源にしていた薬草の販売権も奪った丸男は、村の者たちに金を与えて取り込んでしまい、今では庄屋気取りだという。

そこまで告げた胡蝶が、初めて見せる険しい顔で真十郎に告げる。

「小弥太様は家を飛び出したんじゃなくて、欲深い丸男に殺されたんじゃないかって言う者もいます。小弥太様は、どこかに埋められているかもしれません」

そこへ、太平治が廊下から入ってきて胡蝶に言う。

「小弥太は目の前におるではないか」

笑うものだから、胡蝶は涙を浮かべて顔を歪めた。

「しっかりしてください！」

溜まっていた物を吐き出すように叫んだ胡蝶は、真十郎が止めるのも聞かず外に出てしまった。

丸男がしていることが山蛭一味と重なった真十郎は、胡蝶を追って腕をつかんで止めた。

「わたしが探ってみますから、太平治さんのそばにいてあげてください」

胡蝶は指で涙を拭い、真十郎に向いて問う。

「探るって、何をするつもりですか。丸男は剣術ができますから、怒らせないほうがいいです」

「特にこれといったことはしません。ただ話をしてみるだけですから心配しないで」

小弥太を殺すほどの悪人かどうか見極めるために、揺さぶりをかけるつもりの真十郎は、丸男の家を教えてくれと頼んだ。

胡蝶が指差したのは、田畑を挟んだ反対側の山の上にある集落だ。

「一番手前の、杉木立の中に見える屋根がそうです」

藁葺き屋根を認めた真十郎は、行ってきますと言って山を下り、田畑のほとりの道を回って丸男の家がある山に足を踏み入れた。

細い山道をのぼってゆくと、丸男の家から若者たちが出てきた。丸男と庄屋に来ていた者が、真十郎に挑みかかるような面持ちで歩み寄る。

「馬鹿にされた仕返しに来たのなら、相手になってやるぞ」

若者に囲まれて、真十郎は苦笑いをした。

「喧嘩腰になるのは、やましいことがあるからですか」

「何を！」

野良着を腕まくりして拳を振り上げた髭面の男が、真十郎の顔を殴った。

かわさず、衝撃を和らげる動きで拳を受けた真十郎は、倒れて頰を押さえ、あたかも痛そうな顔をして見せる。

「ふん、弱いくせに喧嘩を売りに来るからだ」

もう一発殴ろうとしたところで、丸男が止めた。

家の戸口から出てきた丸男は、皆を下がらせ、真十郎に手を差し伸べる。

「若い者は血の気が多くていかん」

さして変わらぬだろうと思いつつ、真十郎は手をつかまず立ち上がり、丸男の目を見た。

手を引っ込めた丸男が渋い顔で応じる。

「何か用か」

「小弥太さんの居場所をご存じなら教えてください」

「聞いていないのか。江戸だ」

「そのことは胡蝶さんから聞いていますが、あなた方の態度を見て、わたしは心配なのです。ほんとうは、庄屋の座を狙うあなたが、どこかに隠したのでは？」

「てめえ！」

　髭面の男がまた殴りかかろうとしたのを、丸男が腕をつかんで止めた。

「手を出すな」

「でも……」

「でももしかしもない。いいから家に入っていろ。お前たちもだ」

　若者たちを遠ざけた丸男は、真十郎を離れ屋の軒先に誘い、丸太を切っただけの腰かけを促した。

　真十郎が応じて座ると、丸男は正面に腰を下ろし、腕組みをして顔を見てきた。

「どうせ胡蝶から、おれが庄屋の座ほしさに小弥太を殺したんじゃないかと言われて来たんだろう。違うか」

「わたしの考えです」

「隠さなくてもいい。胡蝶が村の連中に言いふらしているのは知っているんだ」

「では訊きますが、ほんとうのところはどうなのです」

　目を見てこころの動きを探る真十郎に、丸男は曇りのない眼差しで応じる。

「あいつは、幼い頃から町に憧れていたんだ。一度だけ太平治さんが京都に連れて行ったのだが、それがいけなかった。大人になるにつれて、大江戸に行ってみたいと思うようになっていたんだが、ほんとうに村を捨てやがったんだ。跡継ぎがいない庄屋は、このままでは絶えてしまう。太平治さんが死んでから村の者が慌てるよりは、今のうちにおれが庄屋になっていたほうがいいんだ」

話を聞いていたらしく、先ほどの若者たちと、その親らしき連中が出てきて、歩み寄ってきた。

年長の男が言う。

「丸男の言うとおりだ。小弥太は自分が可愛いだけで、村のことなどどうでもいいと思っている勝手な奴だ。どこで何をしているのか知らんが、今さら帰ってきても、わしらは従うつもりはない」

「だからと言って、太平治さんからすべてを奪い、飢えない程度に食べ物を渡すやり口はどうかと思います」

年長の男は眉間に皺を寄せた。

「何か思い違いをしているようだが、この村でとれる物はみんなの物だ。庄屋の働きもろくにできない者にこれまでどおり物を渡す奴がいるものか」

「そうだ」中年の男が続く。「村のために働いている丸男が受け取って当然だ。それにわしらは、無責任な小弥太が庄屋を継がないよう、御領主様に嘆願書を送る算段をしているところだ」

　真十郎が黙って聞いていると、丸男が言う。

「胡蝶の奴は、わしが小弥太を殺したと疑っているようだが、いい迷惑だ」

　真十郎はうなずいた。

「話はわかりました。戻って胡蝶さんに伝えます」

「おう、そうしてくれ。ところで、お前はどうして寺に来た」

　田七に話したのと同じことを伝えると、丸男は驚き、皆も騒然となった。

　髭面の男が言う。

「和尚の婿になるのか」

　どうしてもそういう話に持っていかれるが、真十郎はきっぱりと伝える。

「和尚様が出家を認めてくだされば、御仏にお仕えするのみ。所帯を持つつもりはありません」

　村の連中から声があがった。

「それじゃあ和尚は認めないな」

「子種が望めぬなら、追い出されるだけだ」

「そもそも、和尚にその気はあるのか」

興味と憶測の言葉が交わされる中、丸男が真十郎の顔を見て問う。

「お前、どこから来た」

「奈良の彩光寺です」

「どうしてそこで出家しない」

「これまで方々旅をしてきて、この地が、わたしにとって最良と思うからです」

「こんな田舎がいいと思うのか」

「はい」

丸男は嬉しそうな顔をした。

「旅をしていたと言うが、江戸を見たことがあるか」

「暮らしていました」

丸男は目を輝かせ、身を乗り出した。

「江戸は、どんなところだ」

「人が多い町は、ぶつからなくては道を歩けない時もあります」

丸男と村の連中は驚きの声をあげた。

髭面の男が言う。

「人とぶつかりながら歩いて、喧嘩にならないのか」

「火事と喧嘩は江戸の華と聞いたことがあるぞ」

丸男がそう言うので、真十郎は微笑んだ。

「確かに喧嘩は多いですが、悪意を持って当たらなければ揉めごとにはなりません。商家が集まる場所ではなんでも手に入り、町の者たちは日銭を稼げば食うに困りませんから、住めば離れがたいでしょう」

小弥太のことを暗に含めると、丸男は理解して渋い顔をした。

「小弥太の奴、楽しくやってるんだろうな。わしだって、こんな田舎より町に出てみたいというのに……」

「だめだめ、丸男さんがいなくなったら、この村はどうにもならなくなる」

「そうだよ。悪い冗談はやめてくれ」

丸男は皆に笑って応じている。

真十郎には、つい本音が出てしまったように見えていたのだが、村の者たちに対する丸男の態度は裏がないように思え、どちらがほんとうの顔か分らなかった。

ともあれ、小弥太が殺されていないのは確かなようだ。

真十郎は安堵したものの、江戸に行ったきり音沙汰がないのは困った。このままだと、太平治を正気に戻すのは難しそうだと思い、どうすべきか考えながら庄屋に戻った。

五

太平治は夕餉をすませると、早々と臥所に入った。

食膳を片付けに来た胡蝶が、太平治が隣の座敷にいないのを確かめ、真十郎の前に来て問う。

「やっと二人になれました。丸男から何か聞けましたか」

真十郎は茶を飲んで湯呑みを置き、胡蝶の顔を見る。

不安をにじませている胡蝶に、真十郎は微笑む。

「小弥太さんは、殺されてなどいません。丸男さんはむしろ、江戸に行ってしまわれた小弥太さんを羨んでいるように見えました」

「嘘です。あの人は庄屋になりたがっているのですから」

「その庄屋の件も、取り巻きの若い衆や親たちから持ち上げられてしているよう

に見えました。太平治さんにもしものことがあれば、村が大変なことになります
から」
　食べ物や薬草の販売権についても、村の者たちの考えを伝えると、胡蝶は目に
涙を浮かべて不機嫌になった。
「あなたは騙されています。丸男が小弥太さんを殺したか、どこかに監禁してい
るに決まっています」
「落ち着いてください。わたしには、そうは思えませんでした」
「いいえ、そうに決まっています。小弥太さんは、親を捨てるような人ではあり
ませんから」
　その時、土間で物音がしたので真十郎と胡蝶が顔を向けると、男がぬーっと顔
を出した。
　胡蝶は悲鳴をあげて真十郎の後ろに隠れてしがみ付き、背中が痛いほど手に力
を込めて怯えた。
　すると男は、苦笑いをした。
「きゃあってなんだよ。胡蝶、わたしだ、小弥太だ」
「幽霊じゃ……」

小弥太は笑った。

「このとおり、ちゃんと足はある」

股引に脚絆と草鞋の旅装束を着けた足を上げて見せられて、胡蝶はやっと力を抜いて、長いため息をついた。

真十郎が案じて振り向くと、衝撃で声も出せない様子の胡蝶の目から、涙がこぼれ落ちた。

「大丈夫ですか」

心配する真十郎に、胡蝶は胸を押さえてうなずいた。

小弥太が真十郎に不思議そうな顔をする。

「お客さんは、どちら様で?」

真十郎は小弥太に向きなおる。

「話せば長くなります」

「事情がありそうですね。胡蝶、おやじは?」

「もう休まれました」

胡蝶が涙声で答えると、小弥太は安堵の息を吐く。

「帰る早々怒鳴られるのはいやだから、寝る頃おいを見計らって帰ったんだ。お客さんの事情とやらを、ゆっくり聞かせてもらいましょう。おぉい、入っていいぞ」

声に応じて、大きな荷物を背負った若い男が来て、遠慮がちにしている。

荷物をそこに置きなさいと告げた小弥太が、胡蝶に言う。

「これは、わたしの店で働いてもらっている仙吉（せんきち）だ。仙吉、この子が胡蝶だ」

仙吉は笑顔で頭を下げた。

「旦那様から毎晩のようにうかがっております。旦那様がおっしゃるとおりの器量良しでございますね」

日頃の癖なのか、揉み手をして言う仙吉に、胡蝶はあっけに取られて言葉も出ないようだ。

仙吉は気にせず、真十郎に笑顔を向ける。

「旦那様、こちらの役者のようなお人は？」

「それはこれからわかる。胡蝶、酒を持って帰ったから、何か肴（さかな）を作っておくれ。そうだ、おっかさんから受け継いだ糠床（ぬかどこ）はまだあるかい？」

「あります」

「よかった。何か漬けているなら、食べさせておくれ」

胡蝶は応じて、台所に向かった。

冬瓜(とうがん)と大根の糠漬けを出した胡蝶に礼を言った小弥太は、自ら熱燗(あつかん)を支度して戻ると、真十郎に湯呑みを渡して酌をし、自分のは手酌をしてあぐらをかいた。

一杯飲み、

「ああ、旅の疲れが取れる」

しみじみと息をついた小弥太が、顔を上げた。

「それで？　事情とはなんだい？」

湯呑みを置いた真十郎がここにいる経緯(いきさつ)を聞かせるうちに、小弥太の明るかった顔が曇り、話し終えた時には背中を丸めて下を向き、すっかり意気消沈してしまった。

「真十郎さんすまない。とんだ迷惑をかけた」

このとおりだと言って頭を下げた小弥太に倣い、仙吉も床に両手をついた。

真十郎が頭を上げてくれと言うと、小弥太は応じて居住まいを正した。そして、仙吉に荷物を解くよう促す。

仙吉が胡蝶に差し出したのは、江戸の若いおなごのあいだで流行(はや)っているという着物だ。真十郎が江戸にいた頃には見かけなかった色合いで、柄は地味だが若いおなごが着ると小粋になるのだと小弥太は言い、自ら広げて胡蝶に当ててやる。

「わたしが想像したとおりだ。いいね」

　胡蝶は恥ずかしそうだが、真十郎も、良く似合っていると思う。

　これは田七のだと言って別の着物を差し出す小弥太に、胡蝶は切り出した。

「店とおっしゃいましたけど、江戸では何をされているのですか」

「ああ、まだ言ってなかったね。これを売っているのさ」

　竹行李(たけごうり)から取り出した紙の袋には、腹薬と書かれている。

「おやじからたたき込まれた薬種の知識を活(い)かして作ったこの薬が、良く効くと評判になったのがはじまりでね。今年になって店を大きくしたから、みんなで一緒に暮らそうと思って迎えに戻ったのさ」

「えっ」

　驚く胡蝶に、小弥太は不安そうな顔をした。

「いやかい？」

「いやではないですけど……」

「良かった。おやじをどう説得するか色々考えてきたけど、庄屋の仕事ができていないなら、それはそれで都合がいい。江戸には良い医者がたくさんいるから、連れて行って診てもらおう」

襖が突然開いたので、小弥太が驚いて振り向いた。声を発する前に、太平治が先に口を開く。

「うるさいと思ったら客か。胡蝶、こちらはどちら様だ」

「小弥太さんです」

すると太平治は、渋い顔を胡蝶に向ける。

「お前は寝ぼけているのか。小弥太はそこにおるではないか」

真十郎を指差す太平治を見て、小弥太は戸惑った。

「まあいい、わしは寝る」

太平治が襖を閉めて、足音が遠ざかった。

小弥太はため息をつく。

「息子の顔も忘れてしまったか。でもまあ、庄屋が務まらないのは幸いだ。江戸では、これまで親不孝をした分以上に孝行するよ。胡蝶、一緒に来てくれるね」

胡蝶は感極まった様子で涙を流し、笑顔ではいと答えた。

これで解放されると安堵した真十郎は、小弥太に問う。

「江戸のどこに店を構えられたのですか」

「なんだい、江戸が分るのかい？」

「生まれが江戸ですから」

「ああ、そうか。田舎育ちのわたしとは逆なんだね。町で生まれ育った人が田舎暮らしに憧れるというやつかい？」

「まあ、そんなところです」

　納得した小弥太が言う。

「江戸で商いと言えば日本橋、と言いたいところだが、知ってのとおり土地代が馬鹿高くて手が出ないから、深川（ふかがわ）の町に出したんだ。気風がいい口入屋（くちいれや）の女あるじが、いい物件を世話してくれたんでね」

「気風がいい口入屋の女あるじ……」

　しかも深川。

　真十郎は問う。

「その口入屋は、なんという名です」

「芦屋（あしや）だよ」

「江戸は狭い」

　思わずこぼした真十郎に、小弥太がはっとする。

「ひょっとして真十郎さんの苗字（みょうじ）は、お月様の月に水に浮かぶ島と書く月島では」

「そうです」

するど小弥太が、ぱんと手を打ち鳴らした。

「こりゃ驚いた。こんなところでお目にかかれるとは」

「わたしのことを聞いているのですか」

「ええ、そりゃもう知っていますとも。玉緒姐さんからいっつも、真十郎さんの話ばかり聞かされていますから」

「そんなに親しいのですか」

「世話になっていますからね」

「わたしの何を聞いているのです」

「すべてです」

軽くそう答えた小弥太が、まじまじと顔を見てくる。

「何か?」

「いえね、町のやくざも怖がる玉緒姐さんを本気にさせるとは、お前様は相当肝が据わった人だと思いましてね。とにかく寂しがっておられますよ。もう帰らないつもりですか?」

「先ほども申しましたように、許されるなら樹恩寺で出家するつもりです」

下顎を出した小弥太は、もったいないと繰り返した。

「玉緒姐さんのところで、おもしろおかしく暮らせばいいのに。どうして、こんな田舎の坊主になる気になったのですか？」

「まあ、色々と」

事情を濁す真十郎に、小弥太はしつこくしなかった。

「玉緒姐さんが心配していましたから、戻ったら話してもいいですか」

「ここにいることは伏せてください。手紙を書きますから、宿場でばったり知り合ったことにして、渡していただけませんか」

「わかりました。それでも玉緒姐さんは喜ぶと思います」

それからは酒を酌み交わしながら、玉緒のことを教えてもらった真十郎は、相変わらずの商売上手に笑い、江戸を懐かしく思いながら話を聞いた。

六

翌朝になると、太平治は正気に戻っており、小弥太を見るなり殴るのかと思いきや、涙を流して、生きていたことを喜んだ。

胡蝶から話を聞いていた田七は、抱き合う親子を見て目尻を拭い、真十郎に言う。

「いい薬になったようだ。旦那様は、すっかり元に戻られましたよ」

これで役目は終わったと思った真十郎は、太平治に問う。

「江戸に行くのですか」

太平治は嬉しそうに、うなずいた。

「老いては子に従えと言うからな。お前さんには、とんだ迷惑をかけた」

覚えているのかと思う真十郎は、笑みで首を横に振る。

「瑞玄和尚が認めてくれなかったら、どうするつもりだね」

太平治は心配そうな顔をした。

「村を去ります」

「それはだめだ。よし、わしが最後の庄屋の務めとして、和尚を説得してやろう。お前さんは、この村、いや、和尚には必要な男だ。わしは共に過ごした短いあいだに、すっかり気に入ったからの」

これには胡蝶が驚き、口を挟む。

「旦那様、まさか、芝居をしてらっしゃったのですか」

「いいや。本気で息子と思うていた」

本心はどうなのか、太平治の表情からは読み取れない。

真十郎の目には狸おやじにも映ったが、昨日までとは別人のように生き生きしているのは確かだ。田七が言うとおり、小弥太がいい薬になったのだろう。

太平治が言う。

「朝餉を食べたら、別れのあいさつをしに、皆で寺へ行こう。真十郎、和尚の説得はわしにまかせておけ。必ず出家を認めていただく」

「では、お言葉に甘えさせていただきます。どうかお願いいたします」

「うむ。そうと決まれば腹ごしらえじゃ。胡蝶、今朝はわしも手伝うぞ。倅の好物を作ってやろう」

太平治が腕を振るったのは、そばだった。

温かい汁をかけて出された丼を手にした小弥太が、真十郎に目を細めて言う。

「江戸のそばをあちこち食べ歩きましたが、これに勝る味に出会ってません」

「いいから早く食え」

のびると言う太平治に応じてそばをすった小弥太が、目をつむって上を向く。

「この味だ。旨い」

食べてみてとすすめられ、真十郎は箸を取った。

山菜がたっぷり入ったそばは、腰がしっかりあり、汁もいい味だ。

「旨い」

喜ぶ真十郎に、太平治と小弥太は嬉しそうな顔をしている。

胡蝶と田七も一緒に食べ、仙吉などは、この味が江戸でも食べられると喜んでいる。

食事を終えて身支度をすませると、真十郎は皆と共に庄屋をあとにして、寺に向かった。

寺に着くと、折よく丸男たちが来ていた。

本堂に上がった太平治から、庄屋を辞すことと、江戸に行く許しを願われた瑞玄は、今の今、丸男に庄屋を頼んでいたところだと言った。

これには真十郎が驚いた。

「この村は、寺領でしたか」

瑞玄がうなずき、太平治に言う。

「庄屋は丸男殿にまかせますから、江戸ではゆっくりと、好きなことをして暮らしなさい。長いあいだ、ご苦労様でした」

太平治は目に涙を浮かべて頭を下げた。

「倅を止めることもできず、このようなことになり申しわけありません」

「よいのです。小弥太さんは薬草を高値で買ってくださいますから、村の皆も暮らしが楽になりましょう」

太平治が驚き、小弥太を見た。

「もう話をつけていたのか」

小弥太は笑みを浮かべる。

「和尚様のお許しがなければ、おやじを説得できないからね。丸男さんには、薬草を買うことで納得してもらったよ」

「丸男とも話をしていたのか」

太平治がそう言うので真十郎が丸男を見ると、

「こいつのしつこさには負ける」

丸男は不機嫌そうに言いながらも、顔は笑っている。

抜け目のないところは玉緒にそっくりだと思っていると、小弥太が心中を読んだように真十郎に言う。

「玉緒姐さんに、色々教えてもらいました」

真十郎は笑った。

「やはりそうでしたか」

視線を感じた真十郎が顔を向けると、瑞玄が目をそらした。

太平治が言う。

「和尚、真十郎さんと数日過ごしてみて思ったのですが、出家をお許しになったほうがよいですぞ。この男はきっと、村のためになりましょう」

真十郎は、太平治に問う。

「いつから元に戻っていたのですか」

太平治は目を細めて応じる。

「いつだったかな。よう覚えておらんが、寺に入るにふさわしい人物か、見させてもろうた」

「お人が悪い」

「すまんすまん。しかしおかげで、頭の調子がよくなった。倅が戻っても顔を覚えていられたのは、間違いなくお前さんのおかげだ。このとおり、礼を言う」

頭を下げた太平治に、真十郎は首を横に振る。

「少しでもお役に立てたなら、わたしも嬉しいです」

太平治はうなずき、瑞玄に言う。

「どうですかな。こういう人間ですから、出家をお認めになってはいかがですか」

瑞玄が出家を認める意味を誰もが知っているらしく、固唾を呑んで注目している。

所帯を持つ覚悟ができていない真十郎は、出家だけ認めていただくつもりだと言おうとしたのだが、その前に瑞玄が口を開いた。

「太平治さんがおっしゃることを考慮して、もうしばらく様子を見ます。真十郎殿、それでよろしければ、寺にお戻りなさい」

声音を低くしているが、胡蝶から女だと聞いているため男には見えない真十郎は、意識をしてはならぬと自分に言い聞かせて頭を下げた。

「よろしくお願い申し上げます」

落胆の声をあげたのは丸男だった。

意外に思い真十郎が見ると、丸男は言う。

「和尚になれば、無理難題を言ってやろうと思ったのにな」

小弥太が笑った。

「相変わらず、偏屈ですね」

「ふん。ま、せいぜい気張れ」

丸男は真十郎にそう言うと、瑞玄に頭を下げて帰っていった。

「では、わしらも失礼しよう」

太平治が言うのに応じた小弥太が、瑞玄に頭を下げる。

「では和尚様、今日はこれで失礼します。家の片づけが終わりましたら、また改めてごあいさつに上がります」

「わかりました。太平治さんに無理をさせないように」

「ありがとうございます。では、これで。真十郎さん、また」

「いつまでいられるのですか」

「長く留守にしますと玉緒姐さんに店を売られてしまいますから、ひと月ほどと考えています」

真十郎は応じて、山門まで見送りに出た。

別れ際に、太平治が歩み寄って言う。

「お前ならきっと認められるから、心配するな」

背中をたたかれた真十郎は、父親にそうされた気がして胸が熱くなった。

「精進します」

「うむ」

帰る太平治に頭を下げて見送った真十郎は、本堂に戻り、瑞玄に頭を下げた。

「改めまして、今日からお願い申し上げます」

「励みなさい」

瑞玄は真顔で告げると、住房に下がった。

佐助の下で、さっそく寺の掃除をはじめた真十郎は、本堂の須弥壇と本尊を磨き、それが終われば庭の手入れにかかった。

枯山水の箒目を変えると言う佐助を手伝っていると、住房の廊下に瑞玄が立ち、作業を見守っている。

佐助は慣れたもので、砂に熊手を引いて円を描き、渦巻紋、という模様を付けてゆく。

半分ほど終えたところで、佐助が真十郎に熊手を渡した。

「やってみなさい」

「できましょうか」

「見ていたのだから、同じようにすればいい。すぐに慣れる」

実際はそう簡単なものではなく、半分終えて見ると、違いは一目瞭然だった。

「酷いですね。やりなおします」

真十郎が苦笑いで言うと、佐助は目尻を下げた。

「ま、そのうち慣れる。もう日が暮れるから、また明日だ。夕餉の支度にかかろう」

このままにしておきたくなかった真十郎だったが、佐助に従って台所に向かった。

住房の建物の角を曲がる時に庭を見ると、瑞玄が庭に下りて、真十郎の箒目を眺めていた。

「やはりなおします」

戻ろうとすると佐助が手を引き止めた。

「夕餉が間に合わなくなるからだめだ。気にするな。お前が思うほど悪くはない」

仕方なく夕餉の支度にかかり、真十郎は言われたとおり粥を作った。

瑞玄の膳を調えた佐助が、お出ししろと言う。

応じて、住房に膳を持って行った真十郎は、声をかけて襖を開ける。

座している瑞玄の前に置き、頭を下げる。

「お召し上がりください」

告げた真十郎の頭上から、瑞玄の笑い声が降ってきた。

思わずこぼれたという具合の笑いに真十郎が顔を上げると、瑞玄は真顔になっている。

「箒目は、明日の朝なおします」

「いえ、あれはあれで、味があって……」

よろしいと言うつもりが笑いになった瑞玄は、咳をしてごまかす。

真十郎は、自分が描いた渦巻の模様がぐにゃぐにゃに曲がっているのを思い出し、自分でもおかしくなった。

笑いを我慢すれば余計におかしくなり、止まらなくなる。

瑞玄も我慢できなくなったらしく、二人で腹を抱えて笑った。

その様子を廊下で見ていた佐助が、

「どうやら、心配はいらぬようじゃ」

嬉しそうに独り言ち、台所に戻ってゆく。

七

瑞玄の下で修行をはじめて五日が過ぎた。

例の箒目はまだうまくできないものの、朝夕のお勤めを瑞玄と共にするのを許され、今朝も無事に終えた。

朝餉の粥をすませた真十郎は、瑞玄の使いで太平治を訪ねた。

引っ越しの支度で忙しくしているだろうと思いつつ門から入ると、母屋の縁側で太平治が座っている。

真十郎が声をかけて歩み寄ると、太平治は微笑んだ。

「おお、真十郎来たか。和尚に認めてもらえたか」

「いえ、まだです」

「心配するな。和尚は必ず認めてくださる。今日はどうした」

「和尚から、これを預かって来ました」

紫の絹の風呂敷包みを置くと、太平治は見て、真十郎に問う顔を向ける。

「これはなんだ」

「和尚の写経です」

「おお、ありがたい。菊枝(きくえ)、菊枝！」

太平治が大声で呼ぶ名を初めて耳にした真十郎は、誰だろうと思っていると、家の奥から応じる声がして、胡蝶が出てきた。

真十郎が不思議に思って見ていると、胡蝶は笑顔で頭を下げた。

「いらっしゃい」

太平治が嬉しそうに言う。

「菊枝、和尚が写経をくださったぞ。江戸に持って行くから、荷物に入れておいてくれ」

受け取った胡蝶が、困惑している真十郎に小声で言う。

「今朝から、わたしを亡くなられた奥様だと思われているのです」

「えっ」

「大丈夫、明日の朝には治ります」

胡蝶は慣れているのだろう。唖然とする真十郎に笑って、奥に戻った。

太平治が言う。

「真十郎、上がっていけ」

「いえ、お忙しいでしょうからおいとまします」

「そうか。和尚にくれぐれもよろしく伝えておいてくれ。支度が終わったら、皆であいさつに行く」

「承知しました。ところで太平治さん」

てはいけない気がしたからだ。

真十郎は、ほんとうに胡蝶を奥方と思っているのか問おうとしてやめた。触れてはいけない気がしたからだ。

「いえ、なんでもありません」

「おかしな奴だ」

「ではまた」

「うむ」

真十郎は帰りながら、太平治は初めて会った時より穏やかで幸せそうだから大丈夫だと思い、足を速めた。

戻ったら、裏山の枝を切ると言っていた佐助を手伝おう。

瑞玄に太平治の言葉を伝えるために山門を入った真十郎は、真っ直ぐ住房に向かった。ふと本堂を見ると、いつもは開けられている表の障子が閉められていたので、丸男が来て今後の話をしているのかと思い、そちらに足を向ける。

「和尚様、ただ今戻りました」

声をかけておいて、佐助の手伝いに行こうとした真十郎は、返事がないのを不思議に思い、そっと障子を開け、中を見て目を見張った。須弥壇の前で、瑞玄がうつ伏せに倒れていたからだ。

「和尚！」

声をあげて駆け寄る真十郎に目を開けた瑞玄が、苦しそうな顔をもたげて首を横に振った。

「来てはいけません」

瑞玄が止めるのを聞かぬ真十郎は、駆け寄って抱き起こす。

「どこをやられたのですか」

「わたしは大丈夫だから逃げて」

瑞玄が言うのと、空を切る棒手裏剣が真十郎を襲うのが同時だった。

左腕に突き刺さった手裏剣に呻いた真十郎は、瑞玄を抱き上げて須弥壇の横に逃れると座らせ、ここにいてくださいと言って立ち上がる。

「何者だ！」

手裏剣を抜かぬまま歩みを進める真十郎は、気配に目を向ける。すると、本堂の中の太い柱の陰から、忍び装束の曲者(くせもの)が現れた。

そちらを向く真十郎の背後に一人現れ、また一人、表から入ってくる。

「本田の手の者か」

問う真十郎に応じたのは、一人を従えて現れた忍びだ。

「おぬしに恨みはないが、首をいただく」

「千両ほしさにここまで来たか。どうやって居場所を知った」

忍び装束を纏う頭目は、抜かりのない面構えに薄い笑みを浮かべる。

「卜念の安否を気にしているようだが、案ずるな。責めても口を割らぬゆえ、和尚を殺すと言って小坊主を脅したところ、すぐに吐露した」

「和尚は無事なのだな」

「縛って閉じ込めておいたが、今頃は誰かに助けられておろう」

「ここでは寺の迷惑になる。外に出ろ」

「血で汚したくないか」

頭目が顎で指図すると、手下どもが真十郎を囲んだ。

「真十郎……」

瑞玄が這って付いて来るのを横目に、頭目は真十郎の背後に付いて外に出た。

表から境内に下りた真十郎は、本堂の横手から瑞玄に駆け寄る佐助を認めて、安堵の息を吐いた。そして十分離れた場所で立ち止まり、頭目と向き合う。

頭目が地べたを一瞥して言う。

「ここを死に場所に選んだか。血で汚れた砂利は、我らが始末するゆえ安心してあの世へ行くがよい」

真十郎は頭目を見据える。

「思い違いをいたすな。わたしは本田のために殺されるつもりはない」

頭目が笑った。

「聞いたか。丸腰で我らに勝つそうだ」

言うなり抜刀する。

それを合図に手下の四人が刀を抜き、四方から間合いを詰めてくる。

五感を研ぎ澄ませた真十郎は、左腕に刺さっている棒手裏剣を抜くや、右の背後から斬りかかろうとしていた手下めがけて投げ打つ。

不意を突かれた手下は、刀を振り下ろして手裏剣を弾き飛ばそうとしたが外し、右肩に突き刺さった。

呻いて下がる手下を正面に見ている真十郎は、背後から迫った二人目の手下が打ち下ろした刀を見もせず、身体を横に転じてかわす。そして、空振りした二人目の手下の後ろ首を右手で打ったが、相手は気絶せず間合いを空けて振り向き、刀を低く構えた。

頭目が言う。

「噂どおり、なかなかやりおる。者ども、油断するな」

応じた三人が構えを変え、姿勢を低くして切っ先を真十郎に向け、じりじりと、三方から間合いを詰めてくる。

相手は皆手練れ、真十郎に勝ち目はなさそうだった。それでも、父を殺し、御家を衰退させられた本田家のために死んでたまるかという気持ちが勝り、真十郎は手刀を構える。

正面から迫る一人目の手下が気合をかけて斬りかかる。

真十郎は一足飛びに間合いに飛び込み、相手の手首を受け止めてつかみ、柔術でひねり倒す。

身体に染みついている戦いの勘が、仰向けに倒れている手下の脇差を無意識につかませる。手を止めた真十郎は、死の恐怖に目を見張っている手下に鋭い目を向ける。

「わたしに刀を抜かせるな」

告げるや、背後から気合をかけて斬りかかってきた三人目の手下の刃を横に転がってかわした。

空振りした手下の切っ先が、倒れている仲間の胸を斬る。

鎖帷子(くさりかたびら)が刃を止めているが、手下は打たれた衝撃に呻く。

仲間を斬ったことに動揺もしないその者は、真十郎を追って横に転がり、立ち上がる足を狙って一閃する。

飛んでかわした真十郎は、四人目の手下が投げ打った棒手裏剣を、身体を反らせて眼前にかわした。

「真十郎！　これを！」

佐助が投げた竹の棒を受け取り、斬りかかってきた四人目の頭に打ち下ろす。

衝撃によろけた隙を逃さず腹を突く。

飛ばされた四人目は植木に背中からぶつかって落ち、そのまま気を失った。

三人目の手下が斬りかかる切っ先を引いてかわした真十郎だったが、背後に凄(すご)まじい殺気が迫り、無意識に反応して振り向きざまに竹を振るった。

その竹は切り飛ばされ、眼前に迫る頭目の柄頭(つかがしら)で胸を打たれた真十郎は、飛ばされて地面を転がった。すぐさま立ち上がり、短くなった竹を構える。

頭目は刀を肩に置き、余裕ありげに言う。

「我らに真剣も持たず勝てると思うな」

意識を取り戻した手下どもが立ち、刀を構える。

真十郎は本堂に下がり、石段まで追い詰められた。

二人目と三人目の手下が八双の構えで迫る。

これまでか。

真十郎があきらめた時、走って来る人が目の端に入った。

黒漆塗りの編笠を被り、焦げ茶の羽織袴を着けた剣客が、真十郎を斬らんとしていた二人に迫る。

気付いた二人が応じて刀を振り上げた。

そのあいだを疾風(はやて)のごとく抜けた剣客の背後で、二人の手下は断末魔の声をあげて倒れる。

「おのれ何奴!」

頭目が怒鳴り、一人目と四人目の二人の手下が剣客に斬りかかるも、刀を掠(かす)めることすらできず斬り倒された。

その太刀筋を見た真十郎は、目を見張る。

「師匠!」

頭目と対峙しながら、剣客は編笠の端を持ち上げた。

真十郎を見る真田一刀斎は、厳しい顔をしている。

その刹那、頭目が一刀斎めがけて棒手裏剣を投げた。

見もせず刀で弾き飛ばした一刀斎は、猛然と迫って刀を打ち下ろした頭目の一撃をかわす。

頭目は、一刀斎めがけて二の太刀を一文字斬りに一閃する。

切っ先を下に向けて受け止めた一刀斎は押し返し、瞬時に籠手(こて)を転じ、刃を頭目の首に当てる。

目を見張った頭目が素手で刀をつかもうとした刹那、一刀斎は引き斬った。

仰向けに倒れる頭目に背を向けた一刀斎は、師匠に助けられて片膝をついた真十郎に歩み寄るなり、

「この大馬鹿者！」

鬼の形相で顔を殴り、倒れる真十郎の胸ぐらをつかんで起こした。

「こんなところで何をしておる！　刀も持たず死ぬる気だったのか！」

怒鳴られた真十郎は、神妙に応じる。

「本田のために死ぬつもりはありませぬ。出家をするつもりでした」

「人を殺めた苦しみに耐え切れず、刀を卜念和尚に預けたのか」

ろう。

剣客として強い精神の持ち主である一刀斎の目には、真十郎が弱く映ったであろう。

「死者を弔うため、仏門に入りたかったのです」

真十郎は師匠に平伏する。

ため息をついた一刀斎は、真十郎から離れて立ち、手を差し伸べた。

「命をお助けいただき、ありがとうございました」

一刀斎は黙って見下ろしている。

真十郎は顔を上げて問う。

「卜念和尚に居場所をお聞きになられたのですか」

「そうだ。お前を捜してご先代ゆかりの地を訪ねていたところ、卜念和尚から刺客がここへ向かったと聞き、急ぎ追ってきたのだ」

捜していたと聞いた真十郎は、不安が込み上げた。

「何ゆえわたしを捜されます」

「弟御が、本田に毒を盛られた」

真十郎は耳を疑い、一刀斎の顔を見た。

「まさか弟は、命を落としたのですか」

「先日京都の屋敷に立ち寄った時には、亡くなられたとは言われなかった。ただし、なんの毒かわからぬため解毒できぬゆえ、油断できぬのは変わっておらなんだ。わしが旅に出たのは、母御が頼られたからじゃ」

「母上が、どうして……」

「決まっておろう。お前を連れ戻すためよ。弟御が毒に耐えられなければ、御家を継ぐのはお前しかおらぬ」

「わたしは病死したことになっております。戻れば跡を継ぐどころか、御公儀を騙した罪で母がお咎めを受けてしまいます」

「お前は、本田の後釜に座った者を知らぬのか」

「存じませぬ」

「公方様のご信頼を受けて幕政を担っておるのは、竹田河内守殿じゃ。あの御仁は、亡きお父上に恩義があるゆえ、必ず認めてくださる。今すぐ戻れ」

公儀の誰も信じられない真十郎は迷った。

「迷うておる時はないぞ」

「しかし、本田の息子が黙っておりますまい。ここで江戸に戻れば、奴の思う壺かと」

一刀斎は厳しい目を向けた。

「弟御に毒を盛られても、本田の好きにさせて仏門へ入ると言うのか」

迷う真十郎は、返答ができぬ。

そこへ、腹を押さえた瑞玄が本堂から出てきて告げる。

「話を聞かせていただきました。太平治親子なら、力になれるかもしれませぬ」

一刀斎が驚いた目を向け、真十郎が歩み寄る。

「歩かれて大丈夫ですか」

「はい。拳で突かれただけですから」

真十郎は安堵し、改めて問う。

「弟の解毒ができるとおっしゃいますか」

瑞玄はうなずいた。

「太平治は元々薬草の知識が豊富で、蝮(まむし)や蜂の毒だけでなく、砒素(ひそ)などの猛毒の解毒ができる薬を作っていたことがあるのです」

一刀斎が問う。

「何ゆえこのような山奥で、砒素の解毒薬を作る必要があるのか」

瑞玄は目を伏せ、声音を下げて応じる。

「拙僧の父が若い頃に、朝廷から命を狙われていたからです」

瑞玄の亡き父親は、当時の朝廷に疎まれるような身分の者だったようだ。

一刀斎がそのわけを訊いても、瑞玄は昔のことだと言って答えない。

「とにかく、相談してみましょう」

真十郎を促した瑞玄は、先に立って寺を出た。

真十郎はあとに続きながら、一刀斎に言う。

「折よく今、江戸で薬屋を営む息子が戻っています。弟を救えるかもしれません」

一刀斎は何か言おうとしたが、真十郎は瑞玄を追って足を速めた。

八

真十郎と一刀斎から話を聞いた太平治は、小弥太に顔を向ける。

「どう思う」

腕組みをして険しい顔で聞いていた小弥太は、真十郎に問う。

「他ならぬ真十郎さんの弟君のことですから、必ず治してみせます」

真十郎は両手をついた。

小弥太が慌てて、頭を上げてくださいと言う。

「いや。弟のこともあるが、玉緒には、わたしの素性を黙っていてほしい」

小弥太は目を細める。

「言うも何も、玉緒姐さんはご身分のことをご存じですよ」

真十郎は驚いたが、二人の顔が浮かんだ。己の守役だった菅沼金兵衛と、金兵衛に仕えていた玉緒の父権吉だ。

「あの二人に聞いたか」

ぼそりとこぼした真十郎は、改めて小弥太に頭を下げた。

「どうか、弟を頼みます」

「承知しました」

応じる小弥太に、太平治が問う。

「小弥太、真十郎の身分とはなんの話だ」

「真十郎さんは、かつて幕府の御老中だった大垣家のご嫡男です」

太平治が愕然とし、そばにいた胡蝶は目を見開いて驚きの声をあげ、口を手で塞いだ。

真十郎は目を伏せて言う。

「今は衰退し、なんの力もない旗本です。それにわたしは、家を出た身。ただの浪人ですから遠慮はいりませぬ」

　太平治が目尻を下げて笑った。

「お前には、ほんとうに驚かされる。おかげで、頭がすっかり正気に戻ったわい。胡蝶、倅と一足先に江戸へ行ってくれ」

　小弥太が太平治に不安そうな顔で言う。

「一緒に行かないのかい？」

「年寄りの足じゃ急げないだろう。それに、わしはまたいつぼけるかわからんから、江戸が落ち着くまで田七とここにおる」

「だめだ。せっかく迎えに来たのだから一緒に行ってもらうよ。江戸まで行ってくれる駕籠屋を手配しているんだから、足手まといにはならない。それに、毒消しを作るには、おやじの知恵がいるんだから、来てもらわないと困るよ」

「お前に教えることはないが、そこまで言うなら仕方ない。行ってやろう」

　嬉しそうに太平治は言い、田七に支度を命じた。

　一刀斎が真十郎に言う。

「お前も江戸に戻れ」

　真十郎は顔を横に振った。

「首に千両の懸賞金がかけられていますから、戻れば波風が立ちます」

「弟御が毒を盛られたというのに、刀を捨てて身を隠す気か」

「身を隠すことで、親貞にこれ以上のことをさせぬつもりです」

　一刀斎は、含んだ笑みを浮かべた。

「何か策があるようだな」

　真十郎はうなずき、小弥太に両手をついた。

「何とぞ、弟のことを頼みます」

　すると太平治が、真十郎の肩をたたいた。

「心配するな。弟君はわしらが必ず助ける。和尚、大垣家のご嫡男と聞いては放っておけませんぞ。寺に匿(かくま)っていただけますな」

　瑞玄は真顔でうなずいた。

　どうも事情を知っているように思えた真十郎は、瑞玄に問う。

「我が父を、ご存じなのですか」

　瑞玄がうなずき、太平治が言う。

「大垣家と我らは、切っても切れぬ縁があるのだ」

初めて知った真十郎は、どういうことか問う。

すると太平治は手箱から一通の手紙を取り、真十郎に差し出した。

花押を見た真十郎は驚いた。

「父の手紙ですか」

「同じ物が、拙僧の父にも送られています」

瑞玄に言われて手紙を開いて見ると、剣術修行中の愚息が立ち寄った時は、江戸に戻らぬよう足止めしてくれと書かれていた。

政敵の本田に命を狙われているのを察していた父が、瑞玄の父と太平治を頼っていたのを今になって知った真十郎は、改めて、父親の人脈の広さに舌を巻いた。

己など、足下にも及ばぬ。

父の字を見つめていると、もう会えぬ悲しみが込み上げてくる。

ぐっと涙を堪えた真十郎に、瑞玄が言う。

「出家を許します。寺にお残りください」

そっと手を差し伸べてくれる瑞玄の温か味に触れて、真十郎のこころは揺れたのだが、唇を噛みしめた。

「ありがたいお言葉ですが、刺客が現れた以上、ここにいては迷惑がかかります」

瑞玄が手に力を込めた。

「どこに行くというのです」

太平治が続く。

「そうだぞ真十郎、寺に残れ。村のみんなが守ってくれる」

真十郎は瑞玄の手を放し、頭を下げた。

「今は、出家できませぬ」

「江戸に戻るのですか」

「いえ」

行き先を言わぬ真十郎に、瑞玄は察したようにうなずいた。

「決して、死んではなりませぬ。待っていますから、必ず戻ると約束してください」

頭を上げた真十郎は、瑞玄の顔を見て驚いた。

「和尚……」

瑞玄は背を向け、そっと涙を拭う。

頭を下げた真十郎は、昨夜書いていた手紙を懐から取り、小弥太に差し出した。

「これを、玉緒に渡してください」

「確かに預かりました」

「どうしても旅に出るのか」

問う一刀斎に、真十郎は真顔で応じる。

「では、これを持って行け」

一刀斎の愛刀を差し出されたが、真十郎は受け取らずに頭を下げ、その足で旅に出るべく表に出た。

弟君のことは心配するなと言って送り出した太平治は、空を見上げた。目を細めて、手を合わせる。

「沖綱殿、息子たちを守ってやりなされ」

その声を聞いた真十郎は、振り向かずに走り去った。


村を出て、山道をくだる真十郎のあとを追う者がいる。

編笠を被り、地味な色合いの小袖に、丈が膝上までの黒い股引を穿(は)き、手甲に脚絆を着けた怪しい影が、付かず離れず走っている。

その者が山道を曲がった時、岩場の陰から腕組みをした真十郎が現れた。

「刺客がわたしを襲うた時から見張っていたのは気付いていた。お前は、親貞の密偵だな」

曲者は無言で腰に手を回し、小太刀を抜いて構える。

真十郎は手刀で身構えて応じる。

曲者は猛然と迫り、逆手ににぎった小太刀で斬りかかってきた。

真十郎は手首を取り、ひねり倒す。背中から地面に落ちた曲者の鳩尾(みぞおち)に拳を落とし、小太刀を奪った。

曲者は両手で腹を抱えて横を向き、身体を丸めて苦しんでいる。

小太刀を山に投げ捨てた真十郎は、曲者に告げる。

「わたしはこの村を去る。逆恨みをする者のために、命を無駄にするな」

走り去る真十郎を追おうとした曲者であるが、立つことができず、仰向けになって編笠を取った。

曲者は女だった。

真十郎が去った道に目を向けて起きようとしたのだが、腹の痛みに顔を歪め、苛立ちの声をあげた。

一カ月後——

この日、上屋敷にいた親貞は、取り巻きの旗本たちと酒を飲んでいた。

論じているのは、親貞が老中になった暁にどうなるかという話だが、近い将来と信じて疑わぬ者たちの勢い付いた話はとめどなく、希望に満ちている。

そこへ、渋い顔をした松下春敬が来て、こう告げた。

「殿、沖政めが、床上げをしたそうにございます」

親貞は笑みを消した。

「どうやって解毒したのだ」

「調べようとしましたが、志衛館の者が警戒を強めており、杳としてつかめませぬ」

盃を投げて悔しがる親貞が、親指の爪を噛む。

「次はどうしてくれようか……」

そこへ小姓が来て、廊下で片膝をつく。

「飛脚がこれを届けてまいりました」

松下春敬が受け取り、差出人を見て目を見張った。

「誰からだ」

問う親貞に、松下が歩み寄る。

「大垣沖信からです」

むしり取った親貞が目を通した文には、こう記してある。

大垣家の者に何かあれば　そのほうの父と同じように必ず首を刎ねる

我に刺客を送れば　右に同じ

「おのれ！」

怒りをぶつけて手紙を細かく破る親貞の前に、続いて小姓が現れて告げる。

「ただいま手の者が戻り、沖信の首を取りに行った者たちがことごとく消息を絶ったとのことにございます」

「何！」

絶句する親貞を見て、取り巻きの旗本たちは深刻な面持ちで黙り込んでいる。

その者たちの気持ちが離れるのを恐れた松下は、親貞を諌(いさ)めようとした。

だがその前に、怒りを抑えられぬ親貞が松下に命じる。

「必ず沖信を見つけ出し、生け捕りにして連れて来い。このわしの手で、八つ裂きにしてくれる！」

「はは！」

応じる松下から目を転じた親貞は、旗本たちに言う。

「お前たちも手を貸せ。沖信を連れて来た者には、一万両取らせる」

取り巻きどもはどよめき、金ほしさに応じた。


その頃、城から離れた深川では、芦屋の玉緒が鼻歌まじりで土間を歩いている。

やっと落ち着いたと言って訪ねてきた小弥太から渡された真十郎の手紙を楽しみに、一人で部屋に戻ると、長火鉢の前に座してさっそく開いて見る。そしてすぐさま、呆れ顔をした。

「いずれ会おう、だけって、どれだけ筆不精なのさ」

不服を言いながらも、生きていることに安堵し、手紙を胸に抱く。

「いずれということは、江戸に帰ってくる気があるということね。うふふ、ようござんす。その時は、たっぷり稼がせてもらいますよってんだ」

手紙に記されている真十郎の名前をちょんとつついた玉緒は、飲みかけだったお猪口(ちょこ)の酒を飲み干して、嬉しそうに微笑んだ。

「美味しい」

千両の首　斬！　江戸の用心棒　朝日文庫

2022年11月30日　第1刷発行

著　者　佐々木裕一

発行者　三宮博信
発行所　朝日新聞出版
〒104-8011　東京都中央区築地5-3-2
電話　03-5541-8832(編集)
03-5540-7793(販売)

印刷製本　大日本印刷株式会社

Published in Japan by Asahi Shimbun Publications Inc.
定価はカバーに表示してあります

ISBN978-4-02-265073-3

落丁・乱丁の場合は弊社業務部(電話 03-5540-7800)へご連絡ください。

送料弊社負担にてお取り替えいたします。